栽培女神！
理想郷を修復しよう
1
すずの木くろ
Illustration とぴあ

カルバン
ノルン

コウジ
チキ

ネイリー

理想郷を修復しよう

1

すずの木くろ
Illustration　とぴあ

新紀元社

CONTENTS

第一章　理想郷へ！

「ん？　なんだこれ」

連日の深夜残業でヘトヘトになりながらアパートに帰ると、ポストの中に、ダイレクトメールやらピンクチラシやらに交じって、平たい小袋があった。

宛名の下に、なにかの植物と、可愛らしい女の子のイラストが描かれている。

「『女神の種』……って、なんだこれ。栄養剤かなにかの試供品か？」

小首を傾げながら、ポストの中身をすべて持ち、鍵を開けて部屋へと入る。

フローリングの八畳のワンルーム。ここが俺の城だ。

掃除だけはきちんとしているため、それなりに清潔感はある。

スーツの上着を脱ぎながら、手にしていたそれらをちゃぶ台の上に放り投げた。

小袋がひっくり返り、裏面が目に入る。

説明が数行、箇条書きで書かれていた。

・コップに半分くらい、土を入れます。
・土の真ん中を人さし指の第二関節まで突き、穴を開けます。
・種を入れ、土を被せます。

・土が湿る程度に、水をかけます。
・蔓が生え、女神が実ります。

「なんじゃ、こりゃ」

小袋を手に取り、ひっくり返して表面をもう一度見てみる。

緑髪ロングの女の子が、にっこりと微笑んでいる。とても可愛らしい。

「蔓植物はわかるけど、女神が実るってなんだろうか。女神っていう名前の果物かなにかかね」

さすがに誰かのいたずらだと思うが、なかなかに興味をそそる内容だ。

明日は久方ぶりの休みだが、どのみちやることもないので、この珍妙ないたずらに付き合ってみるのも面白いかもしれない。

とにかく今日は疲労困憊なので、シャワーを浴び、倒れ込むようにしてベッドに潜り込んだ。


翌朝。

昼近くになって起床した俺は、菓子パンを食べながら例の小袋をもう一度眺めていた。

「コップに土、か」

食器棚から適当なコップをひとつ取り、外へ出た。

アパートの敷地を出て、道路を一本挟んだところにある小さな公園に入る。

「使い終わったら戻せばいいよな」

自分に言い訳をしながら、隅っこにしゃがみ込んでコップ半分の土を拝借した。

部屋に戻り、ちゃぶ台の上にそれを置く。

『女神の種』の小袋を開封し、中を覗く。

小豆大の緑色の種が、ひとつ入っていた。

「女神の種、っていうくらいだから、本当に女神様が実ったりして」

なにをやってるんだ俺は。という思考を無視し、説明書きのとおりに種を植える。

洗面台に持っていき、蛇口をひねって水を少し入れた。

「さて、発芽までどれくらいかかるのかな。なにも書いてなかったけど」

コップを手に、部屋へと戻る。

そして、ちゃぶ台にコップを置こうとしたとき。

「……ん？」

土の表面が、もこっと小さく盛り上がった。

ぎょっとして、盛り上がった土をまじまじと見つめる。

緑色の蔓が、土を押しのけてするすると伸びてきた。

「えっ⁉　えっ⁉　なにこれ⁉」

慌ててコップをちゃぶ台に置き、一歩後ずさる。

蔓は数秒で二十センチほどの高さにまで成長し、その先端に七センチほどの丸いものが実った。

恐る恐る顔を近づけ、その物体を見つめる。

それは薄緑色をした半透明の球体で、中になにかが入っているようだ。

「……人間、か？」

ミニチュアサイズの人間が、両手で膝を抱えたような格好で、丸まっているように見える。

唖然としながら見ていると、ぷるぷる、と球体が揺れ出した。

そして「ぷちん」と音を立てて蔓の先から外れ、重力に従ってちゃぶ台の上へと落下した。

「へぶっ！」

着地と同時にそんな声が響き、球体の薄膜が爆ぜた。

そこには、薄緑色のひらひらとした服を纏った長い緑髪の女の子が。

顔面をしたたかにぶつけたらしい彼女は、なんとか起き上がると、呆然と見つめる俺を見て、にっこりと微笑んだ。

「はじめまして！　私があなたの女神なのですよ！」

「め、女神様、鼻血が出てますよ」

「あ！　これは失礼しました！」

女神と名乗った体長十五センチくらいの女の子が、手の甲で鼻血を拭う。

腰の辺りに大きなリボンが付いた、ひらひらとした薄緑色の服。

艶やかで美しい、緑色の長い髪。

服から伸びる、すらっとした白い手足。

ぐいっと拭われて、頬の方へと延びた真っ赤な鼻血。

鼻血は止まらない。

「うえぇ……あ、あの、なにか拭くものをいただけませんか？」

「あ、はい」

そばにあったティッシュを一枚取り、彼女に手渡す。

彼女は自分より大きなそれを受け取り、ごしごしと顔を拭った。

たらりと、再び鼻血が流れ出す。

「鼻血が止まらないですううう！」

「と、とりあえず、それを少しちぎって鼻に詰めておいたらどうですか？」

「そうします……」

彼女はティッシュをちぎって鼻に詰め「はふう」と、ため息をついている。

「あー、えっと、女神様？」

「あ、失礼しました！　改めて自己紹介をば！」

鼻に詰め物をした女の子が俺に向き直り、にっこりと微笑む。

「私は『栽培の女神』のノルンと申します！　あなたを救済するためにやってきたのです！　よろしくお願いするのですよ！」

「あ、はい。俺は水戸幸次と申します。よろしくお願いします」

俺は思わず挨拶を返しながら、女神様に隠れて自分の太ももを思い切りつねった。

めちゃくちゃ痛い。どうやらこれは、夢ではないらしい。

「えっと、ノルン様？」

「かしこまらなくていいですよ！　ちゃん付けで大丈夫なのです！」

「あ、はい。ノ、ノルンちゃん？」

「はい！　なんですか？」

にこにこと微笑んだまま、元気に返事をするノルンちゃん。

女神と自称しているが、本当なのだろうか。

少なくとも、超常的な存在であることは間違いない気がする。

「あの、それならノルン……ちゃんも、俺に敬語は使わないでもらえると」

「私はいつもこんな感じなのですよ！　気にしないでくださいませ！」

「わ、わかりました」

「かしこまらなくていいですよ！」

「は……うん」

「そうそう、そんな感じがいいですね！」

なんとも元気で、軽いノリの女神様だ。

気を遣うな、と言ってくれているのだから、そうさせてもらうことにしよう。

「えっと、さっき俺を救済してくれるって言ってたけど、どういうことかさっぱりわからないんだ。説明してもらえると嬉しいんだけど」

敬語にならないように気を付けながら、彼女に話しかける。

「はい！　私たちは救済担当の女神なのですよ！　カルマが一定以上で、大変な不幸が訪れようとしている人を救うのが、私たち女神なのです！」

「えっ、カルマって存在するの⁉」

　驚きの声を上げる俺に、彼女は元気よく頷く。

「しますよ！　しかも、生まれ変わってもカルマは強制的に引継ぎ続けるのですよ。いつでもどこでも、神様は見ていますよ！」

「そ、そうなんだ。ええと、俺はカルマが規定値以上で、大変な不幸に見舞われようとしているってことなのかな？」

「はい！『あ、こりゃやばい！』って思って、急いでやってきたですよ。サボらず四六時中見ていてよかったのです！」

「四六時中って……ノルンちゃんはずっと俺を見てたってこと？」

「そうなのです！　具体的には、コウジさんは高校二年生のときにカルマが規定値を突破しました。そのときから私がコウジさんの担当となって、それからは片時も目を離さず、ずっと見守っていたのですよ」

　高校二年、と言われて、俺は当時のことを思い返した。

　小さい頃から病弱だった俺は、体質改善のために中学に上がってから毎朝近所をジョギングした。そのついでに、必ず近所の氏神様に参拝し、境内のゴミを拾ったり掃き掃除をしたりすることを日課としていた。

それを、大学卒業まで雨の日も雪の日も欠かさずに毎日行っていたのだが、まさかそれでカルマが増加していたとでもいうのだろうか。

「塵も積もれば、ってやつですね！　境内のお掃除という毎日の小さな善行が、カルマを押し上げたのですよ。もちろん、前世の時点でかなり高いカルマを保持していたからこそ、今回の救済につながったわけですが！」

「あ、やっぱり神社の掃除のおかげなのか……それで、担当っていうのは？」

「カルマが規定値範囲になると、私たちみたいなのがひとりあてがわれるのですよ。コウジさんが大型の不幸に見舞われないように、もしものときは緊急措置として救済をすることが、私の役目なのです」

「はあ。だから、四六時中見守っていたと」

「はい！　大型の不幸……半日前に、過労と睡眠不足が原因で、コンビニに車ごとダイナミック入店する未来とつながったので、急いで救済にやってまいりました。救済完了まで、そばにいさせてもらいますね！　よろしくお願いするのです！」

「な、なるほどねぇ。それで、その救済っていうのは、なにをしてもらえるの？　仕事とか上司をなんとかしてくれるとか？　それとも、宝くじを当てたりしてくれるのかな？」

「あ、仕事とか、そっち方面は担当外なので無理です。番号をいじって宝くじを当てるのとかも無理なのですよ。株やＦＸも、もちろんダメです」

「えー……」

「とりあえず、今の会社に見切りをつけてはいかがですか？」

不満げな声を上げる俺に、ノルンちゃんがなんとも現実的な提案をしてくる。

「見切りって言っても、今辞めるのはちょっと」

「見切りをつけるなら早い方がいいですよ。『丸三年はしがみ付け』って大学生時代に教務課のおじさんに言われたことを気にしているのだと思うのですが、頑張った結果潰れちゃったら、なんの意味もないのですよ」

懸念していることをズバリと言い当てられ、俺はたじろいだ。

どうやら、本当に俺のことを何年も見守り続けていたようだ。

「まあ、私が来たからには、仕事やら上司やらの悩みなんて些細なことなのです！　そんなことはどうでもいいっていうくらい、幸せにして差し上げますので！」

ノルンちゃんはそう言うと、胸元から小さな布袋を取り出した。

布袋を取り出す際、ちらっと覗いた豊満なそれに、つい目がいってしまった。

「それは？」

俺が問いかけると、彼女は「ふふん」と得意げに鼻を鳴らした。

腰に片手を当て、布袋をぐいっと俺に向ける。

鼻に詰めてあるティッシュは、半分ほどにまで赤く染まっていた。

「理想郷の種なのです！　あなたを、あなたのための理想の世界に連れて行って差し上げます！　まずはその下準備をば！」

数十分後、俺は最寄りのホームセンターへとやってきた。

駐車場に車を停め、目的の園芸コーナーへと足を向ける。

肩から下げたトートバッグの端っこから、ノルンちゃんがひょいと顔を覗かせた。

鼻血はもう止まっている。

「おー、やっぱり直に目にすると、ホームセンターってすごく大きいですね！　それに、いろいろな物が売っていますね！」

瞳をきらきらと輝かせ、物珍しそうに辺りをきょろきょろと見回している。

小さい身体にもかかわらず、結構な声量だ。

「ちょ、ちょっと！　あんまり身を乗り出さないで！　人に見られたら大変だから！」

「大丈夫ですって。もし見られても、人形のふりをしますので！」

そう言いながらも、ノルンちゃんはバッグの中に身を引っ込めた。

でも、鼻から上を覗かせるようにして、周囲に視線を走らせている。

「ほかの人に見られないように、姿を透明にしたりとかはできないの？」

「一応、地上降臨用にそういった道具はあるんですけど、急いでいて申請できなかったんですよね」

「あるんだ……天狗の隠れ蓑みたいなやつ？」

「いえ、全身に着込む防護服みたいなやつです。申請すればレンタルできるんですよ。でもあれ、動きにくいし、ごわごわしていて暑苦しいって話なんですよね」

「そ、そうなんだ。持ってないなら仕方がないけど、できれば人目につかないように気を付けてもらえると……」

控え目にお願いする俺に、彼女はにぱっと笑顔を向けてきた。

「そんなに心配しなくても大丈夫ですって！　もし動いているところを見られて声をかけられても、新しいロボットフィギュアのモニターをしている、とか適当なことを言っておけばいいんですよ！」

「そうかなぁ。信じてもらえる気がしないんだけど」

「さも当然のように振る舞えば余裕なのですよ。人間、そんなものなのです」

そんなやり取りをしながら、俺たちは園芸コーナーへとやってきた。

置いてあった大型カートをひとつ取り、土が袋売りされている区画へと向かう。

「それで、どれくらい土がいるんだい？」

「畳一枚分くらいに、まんべんなく広げられる量が必要ですね。六十～七十リットル分くらいですかね」

「土の種類は？　いろいろとあるみたいだけれども」

「そうですねぇ。野菜がよく育つ土だと、きっと素敵なことになると思うのですよ」

「野菜用ね。ちなみに、その素敵なことって？」

「それはあとでのお楽しみなのです！　あ、そこにある培養土とかがいいと思うのですよ！」

ノルンちゃんが指さす先には、野菜用の培養土が山積みになっていた。

一袋二十五リットル入りで、千二百円。

ちょっと高い気もするが、女神様のご指定とあらば仕方がない。

よっこらしょと、三袋ほどカートに積み込んだ。

「ほかに、なにかいるものは？」

「この土を広げる敷物と、苦土カンラン石が欲しいです」

「苦土カンラン石？　なんだい、それは？」

「宝石のペリドットのことです。幸せを運んでくれる効果があるのですよ」

「宝石か。ホームセンターには置いてないと思うよ」

「んー、そうですか……ないなら仕方がないですね。別の場所で探すですよ」

カートを押し、レジャー用品のコーナーにやってきた。

厚手の一・八メートル四方のブルーシートを入手し、レジへと向かう。

「あ！　コウジさん、ちょっとそこの表札コーナーに行くですよ！」

カートを押していると、顔を覗かせていたノルンちゃんが声を上げた。

「え、いいけど、どうして？」

「そこの大理石の表札を、ひとつ買って行くですよ。カンラン石の代わりになると思うのです！」

彼女が指さす先には、『天然大理石』と書かれた表札用の石板が置かれていた。

どれどれ、と値段を見てみる。

「うっわ。なにこれ、七千円もするんだけど」

「もしかして厳しいですか？」

「いや、買えないわけじゃないけどさ。ちょっと高いなって」

「んー、そうですか。大理石は『栄光』を呼ぶ力があるので、カンラン石の代わりに使っても大丈夫かなと思ったのですが」

「あ、いやいや、大丈夫。買えるから」

残念そうな顔をするノルンちゃんを見て、俺は慌てて大理石を手に取った。

割ってしまわないように、そっとカートの中に入れる。

「じゃあ、これで必要なものは揃ったってことでいいのかな？」

「はい、ばっちりなのです！　帰りましょう！」

カートを押し、レジへと向かう。

七千円の大理石に培養土、ブルーシートと合わせて、総額一万千円ちょっとだった。

カートを返して店を出ると、バッグから顔を出していたノルンちゃんがいきなり身を乗り出した。

「ん、この甘い匂いは……！　コウジさん、あそこ！　あそこへ行きましょう！」

左手でバッグのふちを掴みながら、右手で前方を指さす。

彼女の指し示す方向には、クマちゃんカステラの移動販売車があった。

「あそこって、クマちゃんカステラのお店のことを言ってるの？」

「はい！　あれ食べたいです！」

「神様って、食べ物を食べるの？」

「この身体なら食べられますよ！　不死身なので、食べなくても死にませんが！」

言われるがまま、移動販売車へと向かう。

いらっしゃいませ、と販売車のお姉さんが笑顔で迎えてくれた。

「えーと、はち」

「十六クマくださいませ！」

バッグから半身を出していたノルンちゃんが、大声でお姉さんに注文した。

いったいなにをやってくれるんだ、こいつは。

「あ、はい、十六クマで……あ、あの、お客様。それって人形……ですか？」

ぎょっとした顔でノルンちゃんを見つめるお姉さん。

ノルンちゃんは動じた様子もなく、にこにこと可愛らしい笑顔をお姉さんに向けている。

「え、ええ！　新作のロボットフィギュアのモニターをしていまして！　よくできているでしょう⁉」

「最新型ロボットなのですよ！　動作と音声は外部からの遠隔操作なのです！」

俺の説明に合わせ、ノルンちゃんがさらに適当な説明を付け加える。

「は、はあ。すごいですね……まるで生きているみたいですね……」

「最新型ですので！　従来の製品とは出来が違うのですよ！」

「は、ははは。そうそう、最新型なので」

「そうなんですか。はー、すごいですね……」

あまりにも堂々とした説明だったせいか、お姉さんはすんなりと信じてくれたようだ。

十六クマに二クマおまけしてもらい、十八クマを手に入れて移動販売車をあとにする。

冷や汗だらだらで歩く俺に、ノルンちゃんが「えへへ」と笑顔を向けた。

「ね？　大丈夫だったでしょう？」

「いや、どう考えても危なかっただろ！　触らせてくれとか言われたら、どうするつもりだったんだよ！」

「そのときは、精密機械なので触るのはちょっと、とか言っておけばいいんですよ。きっと、そうなんですか、って言われて終わりですよ」

「えー、さすがにそれは厳しいような……」

「大丈夫ですって。現に、さっきは簡単に信じてもらえたじゃないですか」

「う、うーん……」

「そんなことより、クマちゃんカステラ！　クマちゃんカステラください！」

「あ、はい」

カステラを袋ごと、バッグの中へ入れる。

ノルンちゃんはいそいそとひとつ取り出し、頭からかぶりついた。

「んひゅ！　ほふぇふぁほいひいれふへ！　ほへははへもののあひあほへふへ！」

「ごめん、なにを言ってるか全然わからない」

「ほうひあふほはへるほへふほ！」

「だからわからないって」

そんなやり取りをしながら、俺たちは駐車場へと向かうのだった。


アパートに帰り着き、買って来た品々を部屋へ運び込む。

ノルンちゃんはぴょこんと床の上に飛び降りると、部屋の隅っこへと走って行った。

その手には、クマちゃんカステラの下半身が抱きかかえられている。

「コウジさん。買って来たブルーシートを、この辺に広げてくださいませ！」

口の周りを食べかすだらけにした彼女が、俺に指示する。

「はいはい。ふたつ折りでいいのかな？」

「はい！」

ブルーシートをふたつ折りにし、部屋の隅に広げた。

「そうしたら、その上に、買って来た土をまんべんなく広げるですよ。二袋半、でちょうどいいですね」

「シートのきわきわじゃなくてもいい？　床にこぼしたくないんだけど」

「はい、大丈夫ですよ！」

培養土を開封し、ざばざばとブルーシートの上に広げる。

きっちり二袋半、平らになるように土を広げた。

「大理石を、この真ん中に置いてくださいませ！」

「はいよ」

土の中央に、表札用の大理石を置いた。

そうして準備をしていると、ポケットからスマホの着信音が鳴り響いた。

「げ、上司からだ」

「あらら、お仕事ですか？」

「たぶんね。電話が終わるまで、静かにしてて」

「かしこまりました！」

「はー、やだなあ……もしもし。あ、はい。お疲れ様です。……えっ、今からですか⁉ ……あー、はい。わかりました、すぐ行きます」

通話を切り、深くため息をつく。

心配そうにこちらを見ているノルンちゃんと目が合った。

「今から会社に行くのですか？」

「うん、行かなきゃならなくなった。夜には帰ってくるから」

「わかりました。安全運転で行ってくださいね。あと、コンビニにダイナミック入店しないように、くれぐれも注意してくださいね」

「りょーかい。それじゃ、行ってきます」

「行ってらっしゃいませ！」

ノルンちゃんに見送られ、俺は部屋を出た。

約八時間後。

なんとか仕事を片付けて、俺はアパートへと帰って来た。

コンビニ袋を手に、鍵を開けて部屋へと入る。

「ただい……ん？　ノルンちゃん？」

真っ暗な玄関先で横たわっているノルンちゃんを見つけ、電気を点けて彼女の前にしゃがみ込む。

それと同時に、彼女はびくんと身体を震わせて、ばっと身を起こした。

「ね、寝てしまいました……うう、やってしまいました。ごめんなさいです……」

彼女は酷く残念そうな顔で、うなだれるように頭を下げる。

「いや、別にいいよ。何時に帰って来るかもわからなかったんだし」

「でも、ちゃんと『おかえりなさい』が言いたかったのですよ」

しゅんとした様子で、なんとも可愛らしいことを言う。

ちょっと和んだ。

「そっか……えっと、もう一度帰って来るところからやり直してみる？」

俺が提案すると、彼女の表情がぱっと明るくなった。

「はい！　ぜひ！」

それでもいいらしい。

俺は頷くと、くるりと振り返って部屋を出た。

扉を閉めて一呼吸置き、ノブをひねってもう一度開ける。

「ただいま」

「おかえりなさいませ！」

百点満点の笑顔で出迎えられ、少しだけ顔が熱くなる。

靴を脱いで部屋に上がり、彼女を拾って肩に乗せた。

「思ってたより仕事が多くてさ、だいぶ遅くなっ……えっ⁉　な、なんだこれ⁉」

部屋に入った俺は、そこにあった予想外の物体に目を見開いた。

部屋の隅っこ、ブルーシート上に土を撒いた場所に、半透明の膜のようなもので覆われた、畳一畳分くらいの大きさのドーム状の物体が置かれていたからだ。

「どうぞどうぞ、近づいて覗いてみてくださいませ！」

彼女の言葉に従い、その物体の正面へと移動する。

恐る恐るそれを真上から覗いた瞬間、俺は先ほどとは比べものにならないほど驚愕した。

半透明の膜の中には、海、山、森、空に浮かぶ島といった、極小サイズのファンタジー世界のようなものが広がっていたからだ。

よく見てみると、ドームの中を羽ばたく鳥のような生き物も見て取れる。

ドームのふちで世界は途切れているのだが、そこからも雲が流れて来ていた。

どうやら、ドームの外側にも世界は続いているようだ。

「こんな感じで作ってみました！　とりあえず、魔法文明マシマシの、ザ・ファンタジー！　な世界になるように調整してみたです！　お望みならば、機械文明マシマシにもできますよ！」

えっへん、と胸を張るノルンちゃん。

俺は唖然としながらも、その場に膝をついてドームの薄い膜に顔を近づけた。

ドーム内に浮かんでいる雲は、ゆっくりと中空を移動しているように見える。

西洋風の城や街、集落といったものもいくつか確認できた。

「す、すごいな。どうなってるんだ、これ……ていうか、お望みならば、とか今言ってたけど、それってどういう意味？」

「言葉どおりですよ！　これは、あなたのための世界なのです。あなたのために、あなたが望む理想の世界を、一から作り上げるのです。手を加えられるのは今だけですので、ご希望があれば今教えてください！」

「なんだって……」

あまりの急展開に、驚きの言葉以外になにも出てこない。

理想の世界と言われても、なにをどうしたいかなんて思いつきもしなかった。

「あ、言葉では表しにくいですか？　それなら、私が直接あなたの心に聞いてみますね！　顔をこちらに向けてくださいませ！」

「う、うん」

言われるがまま、俺は彼女の方に顔を向ける。

彼女は俺の頬に手を添えると、背伸びをして、おでこにちゅっと口づけをした。

「わわっ⁉」

「ぺっぺっ！　なにかギトギトしてますよ⁉」

うぇー、と嫌な顔で文句を言うノルンちゃん。

「そりゃあ、半日も働いて帰って来たんだから、脂くらい浮いてるだろ、普通」

「そんなものなのですか。知りませんでした。次からおでこにちゅーするときは、拭いてからにしますね！」

「う、うん。それで、直接心にとか言ってたけど、今のがそれなの？」

俺が聞くと、彼女は元気よく頷いた。

「はい、ばっちりわかりました！」

「ばっちりですか」

「ばっちりです！　コウジさん、予想どおりというか、すごく素敵な心をお持ちなんですね！　私、ちょっと感激しちゃいました！」

「え、なにが？」

「わくわくとドキドキのために、秘密にしておきます！」

よくわからないことをのたまう彼女に、俺は困惑顔になる。

そんな俺に構わず、ノルンちゃんは俺の肩の上でくるりと回り、床に鎮座するドーム状の物体へと向き直った。

「では、さっそく作業に入るですよ。まずは——」

そう言いかけたとき、彼女のお腹から、きゅーっという可愛らしい音が響いた。

「あ、あわわ、ごめんなさいです」

「あ、お腹が空いた？　そういえば、置いていったクマちゃんカステラはどうしたの？」

「コウジさんが出て行ったあとにひとつだけ食べて、残りの十六個は世界の構築の材料にしちゃいました。きっと、あっちの世界でもクマちゃんカステラが食べられますよ！」

「マジか。もうなんでもありだなぁ」

俺は彼女をちゃぶ台の上に下ろし、片手にぶらさげていたコンビニ袋を広げた。

お土産に買って来た、ちょっとお高めのショートケーキを取り出して、彼女の前に置く。

それを目にした途端、彼女の瞳がきらきらと輝いた。

「は、はひゃあああ⁉」

「はい、お土産。ノルンちゃんの胃袋の容量より確実に大きいから、好きなだけ食べちゃってよ」

「いいんですか⁉　いいんですね⁉　これって、甘くてふわふわの、人類の英知の結晶ともいうべきケーキというお菓子ですよね⁉」

ノルンちゃんはテンションマックスといった感じで、ぴょんぴょんとその場で飛び跳ねながら、俺に聞いてくる。

「英知の結晶かどうかは知らないけど、美味しいのは確かだと思う。ノルンちゃんの住んでたところには、ケーキとかはなかったの？」

「天界に食べ物は存在しないのですよ。天界での私たちは実体を持った魂魄体という特異な存在でして、物を食べる必要がないのです。今日食べたクマちゃんカステラが、私が誕生してから初めて口にしたものなのですよ！」

「そ、そうだったんだ……えっと、少し待ってくれれば焼きそばも作れるけど、ケーキはデザートにして、そっちを先に食べる？」

俺の提案に、彼女の瞳がさらに輝く。

「焼きそば⁉　夏祭りの屋台で売られている、値段が高いとわかっていてもその抗いがたいソースの香りのせいでついつい買ってしまうという、魅惑の食べ物ですね⁉」

「説明がいちいち大げさだなぁ」

「大げさにもなるのですよ！　わぁい、焼きそばだー！」

よほど嬉しいのか、ノルンちゃんはその場で両手を広げてくるくると踊っている。

「それじゃあ、作ってくるわ。ちょっと待っててね」

「あ、私も手伝うのですよ！」

「いや、お気持ちだけいただいておくよ。その大きさじゃ無理でしょ」

「なら、作ってるところを見守ります！　肩に乗せてくださいませ！」

「はいはい」

ノルンちゃんを肩に乗せ、俺は台所へと向かうのだった。


「ふひゅう……もう入らないのですよ……」

両手と口の周りを生クリームまみれにして、ちゃぶ台の上で大の字に寝転んだノルンちゃんが、至福の表情で言う。

彼女は焼きそばの麺を二本とキャベツを一欠片食べたあと、早々にショートケーキにかぶりついた。

あまりの美味しさに感動したのか、「美味しいですね！　美味しいですね！」と涙を流しながらケーキを頬張る姿が印象的だった。

「おー、結構食べたねぇ。明らかに腹部の体積より多く入ってるんじゃないか、それ」

「お腹がはち切れる寸前まで食べたですよ……しばらく動けないのです……」

ケーキは先端部分が弧を描いて削られており、八分の一ほどは減っているだろうか。

よくそんなに入ったな、と感心してしまった。

「そっかそっか。じゃあ、作業はまた明日にしよう。今日はもう風呂に入って寝ようかね」

俺が言うと、ノルンちゃんは慌てた様子で起き上がった。

「あ！　いえいえ、大丈夫です！　動けるのですよ！」

「いや、無理しなくていいよ。明日は日曜日で仕事も休みだし、のんびりやればいいからさ」

「いえいえ、大丈夫です！　コウジさん、私を理想郷の前まで運んでくださいませ！」

そこまで言うなら仕方がないと、俺は彼女を手に乗せて、理想郷の前まで運んだ。

相変わらず、その中にはファンタジーな世界が広がっている。

「ではでは、始めますね！　コウジさん、靴をこちらに持って来て、そこに座って見ていてください！」

「靴？　なんに使うの？」

「まあまあ、ここは黙って従うですよ！」

「りょーかい」

言われたとおり、俺は玄関から靴を持って来て傍らに置き、その場に腰を下ろしてあぐらをかく。

なにをするのかと見ていると、ノルンちゃんはくるくると踊りながら、歌のようなものを口ずさみ始めた。

「やあやあ、友よ、どこへ行く。歩みの先に、なにがある？

やあやあ、友よ、こっちにおいで。皆集めて、一緒くた。

ここが私の、理想郷。奇跡のために、皆で歌おう。

世界の夢は、いつまでも。永久の願いを、あなたとともに！」

歌が終わると同時に、ドームがぼんやりと発光し始めた。

ドームの中は時間が加速しているのか、雲がすさまじい速さで動き始め、季節が目まぐるしく変わっていく。

やがて目で追うことすらできないほどの、ものすごいスピードにまで加速し、なにが起こっているのかまったく見えなくなった。

「魔法はほどほど、機械は限定、神話風味でお魚たくさん！　あっ、あんまり言わない方がいいんでした！　うっかり言っちゃってごめんなさいです！」

ノルンちゃんがくるくると踊りながら、そんなことをのたまう。

「ちょ、ちょ、ちょっと！　なにがどうなってんの、これ⁉　どうなるの⁉」

「こうなります！　よいっしょー！」

彼女がそう言って両手を上に伸ばすと、ドームが激しく発光した。

その光で部屋中が満たされ、あまりのまぶしさに目を閉じる。

「――コウジさん、コウジさん、目を開けてくださいませ！」

その声に、ゆっくりと目を開く。

「……え」

飛び込んできた光景に、俺は目を見開いた。

石造りの、古代建築を思わせるような二階建ての家々。

その先に覗く、広大な青い海。

抜けるような美しい青空。

頬を撫でる、柔らかな優しい風。

ひゅいひゅいと遠くから聞こえてくる、海鳥の鳴き声。

いつの間にやら俺は、おしゃれな海辺の街にいた。

道の真ん中で、あぐらをかいている状態だ。

「どうです？　すごいでしょう？」

頭上から響いた声に、顔を向ける。

長い緑髪の女の子が、背後から覗き込むようにして俺を見下ろしていた。

「え、もしかして、ノルンちゃん？」

「はい、ノルンちゃんなのです」

人間サイズのノルンちゃんが、にっこりと俺に微笑む。

「ど、どうして大きくなってるの？　ていうか、ここはどこ？」

「こっちの世界では、私も人と同じ大きさになれるのですよ。そしてここは、コウジさんのための理想郷なのです！」

彼女がドヤ顔で、その豊かな胸を張る。

俺は唖然としながらも、もう一度周囲へと目を向けた。

とても美しい街並みだが、辺りに人はいないようだ。

そうしていると、ノルンちゃんは俺の手を握った。

ぐいっと引っ張られ、立ち上がる。

「さあ！　コウジさん、行きましょう！」

元気よく走り出した彼女に手を引かれ、俺も走り出す。

「え、行くってどこへ⁉」

「世界を見て回るのです！　初回はあまり時間がないので、触り程度ですけどね！」

「すみませーん、誰かいませんかー？」

「どなたかいらっしゃいませんかー⁉」

街の大通りを並んで歩きながら、俺たちは人を求めて大声で呼びかける。

だが、響くのはふたりの声ばかり。

やれやれと俺は足を止めると、近くにあった池のそばに腰を下ろした。

「誰もいないねぇ。無人の街なんじゃない？」

ぱしゃぱしゃと池の水に手を入れながら、中を覗く。

水は綺麗で透き通っており、深さは数十メートルはありそうだ。

中には水没した建物らしき影が見え、悠々と泳ぐ魚群が見て取れた。

「い、いえ、そんなことは……おかしいですね、ここは賑やかな港町のはずなんですが……」

ノルンちゃんは困惑した様子で、きょろきょろと辺りを見回している。

「もしかして、出て来る場所を間違えたとか？」

「いえいえ！　私に限ってそんな凡ミス、絶対にしないのですよ！」

「でも、人っ子ひとりいないじゃん。誰かが住んでたような形跡はあったけどさ」

民家や商店のような建物にも入ってみたのだが、人間どころか動物すらおらず、どこももぬけの殻だった。

何件かの民家には、腐ってカビの生えた魚料理が放置されていた。

これではまるで、ゴーストタウンだ。

「う、うーん。おかしいですね……ここにはたくさんのにん――」

彼女がそう言いかけたとき。

あれだけ照っていた日差しが、突如として遮られた。

ふたり同時に、空を見上げる。

「うお、なんだありゃ」

「……えっ」

とんでもなく巨大なクジラが、空に浮かんでいた。

ざっと見て、全長四百~五百メートルはあるだろうか。

胸ビレと尾ビレをゆっくりと動かしながら、悠々と空を泳いでいる。

「えっ？　えっ？　私、あんなものを作った覚えはないですよ⁉」

「おー、すっげえ……なんて幻想的な光景なんだ！」

その力強くも美しいフォルムに圧倒され、俺は感嘆の声を漏らした。

今まで生きてきたなかで、一番感動しているといっても過言ではない。

「すごいよノルンちゃん！　こんなのを見せてくれるなんて、ノルンちゃんマジ女神だよ！」

「い、いいえ！　私は本当にあんなの作っていないのですよ！」

「またまた、あれだろ？　わくわくとドキドキのための秘密ってやつでしょ？　もう目の前にあるんだし、そんな嘘つかなくてもいいって」

「で、ですから――」

『グオオオオンッ！』

「ひゃあっ⁉」

「うおっ⁉」

そのとき、突如として、空飛ぶ巨大クジラが吠えた。

びりびりと大気を震わせるほどの、重低音のすさまじい大音量だ。

その声は数秒ほど響き続け、やがてぴたりとやんだ。

俺たちは思わず、互いに顔を見合わせる。

「す、すごい声だっ……おおおおっ⁉」

「きゃあああ⁉　コウジさんっ⁉」

突如として猛烈な暴風が吹き荒れ、俺の身体がふわっと浮き上がった。

ノルンちゃんが慌てて、俺の腕を掴む。

彼女の足が一秒足らずで植物の根に変異して、石の舗装を突き破って地中にそれを張り巡らせた。

「うおおお⁉　ノルンちゃんすごいな⁉　その足どうなってんの⁉」

「んぎぎぎ！　あ、汗で手が滑っ⁉」

すぽん、と手が離れ、俺の身体は空へと吸い上げられた。

俺の名を叫ぶノルンちゃんが、ものの数秒で米粒大になる。

あれよあれよという間に俺は上空数百メートルへと到達し、目の前には巨大クジラの顔。

ぐわっと、クジラの口が大きく開く。

「え、マジで？」

言い終わると同時に、ばくん、と俺はクジラに食べられてしまった。

数秒、もしくは数十秒、俺は暴風の中にいた。

浮遊した身体はもみくちゃにされ、息を吸うどころか指一本動かすこともできない。

これは死ぬ、と思った瞬間、浮遊感が消えて地面に叩きつけられた。

「げほっ！　げほっ！」

痛みに悶えながらもなんとか息を吸い、辺りを見回す。

だが、周囲には灯りひとつなく、真っ暗でなにも見えない。

「いてて……よかった、骨折とかはしてないか。なんだかえらく柔らかいな、ここ」

じとっと湿り気のある感触とともに、ぐにゃりとした弾力が伝わってきた。

座り込んでいる地面に手を当てる。

「うへ、気色悪っ！」

じめじめとした地面に怖気を感じ、俺は慌てて手を離した。

ぐしゅり、と尻の下から音が響く。

まるで湿ったコケの上にでも座っているかのようだ。

「そうか、俺はクジラに食われたのか。とすると、ここはクジラの腹の中か？」

そう言いながら、俺は再び周囲を見回す。

当然ながら、真っ暗でなにも見えない。

「ううむ、これはまいったな。なんにも見えないんじゃ、楽しみようがないんだけどな」

ノルンちゃんが言っていた『わくわくとドキドキ』というフレーズを思い起こす。

空飛ぶクジラに飲み込まれるなんて、まさにおとぎ話の世界だ。

おそらくこれも演出のひとつなのだろうと、ひとり納得する。

「灯りが欲しいなぁ。魔法はほどほど、とかノルンちゃんは言ってたけど、俺も魔法が使えたりするのかな」

そうつぶやいた瞬間、俺の胸元が眩く光り輝いた。

その光は俺の胸の中から透けて出て、すうっと目の前数十センチの位置に浮かび上がった。

ピンポン玉と同じくらいのサイズの、光の玉だ。

「おお、できた！　これが魔法か！」

目の前に浮かぶ光の玉によって、周囲が真昼のように明るく照らされた。

初めて使った魔法（？）に思わずテンションが上がり、「すげえ！」を連呼してしまう。

特に呪文のようなものを唱えた覚えはないのだが、できたのだからよしとしよう。

「いくつも出せたりするのかな。ほら、もっと出ろ！」

えいや、と念じながら、手を正面にかざしてみる。

だが、なにも出ない。

「あれ、おかしいな。さっきはどうやったんだっけ……ていうかこの光、近すぎてかなり邪魔だな」

明るいのは結構なのだが、目の前数十センチの位置で浮遊しているのは邪魔すぎる。

少し離れろ、と念じてみる。

でも、光は動かない。

物理的にどけてみようと、光は手を通過してしまい、払いのけることはできなかった。

だが、光は手を伸ばす。

立ち上がってみる。

光もそれに合わせて、立った分だけ上昇した。

くるっと振り返ってみる。

同じように、光も俺の正面に素早く移動した。

「うーん……これはあれか、一度にひとつしか出せなくて、俺基準で出した位置に固定されて動かせないタイプのやつか。そういうタイプの魔法、漫画で見た気がするぞ」

そうに違いない、と勝手に納得し、とりあえず放置することにした。

この光が制限時間かなにかで消滅したら、今度は出す場所に注意して魔法を使ってみればいい。

気を取り直して、周囲を見回す。

赤紫色の気味の悪い洞窟の一本道に、俺はいるようだ。

空気は生暖かく、じっとりしていて酷く気持ちが悪い。

「とりあえず進んでみるか。どっちがクジラの頭なのかお尻なのかもわからないけども」

ここにいても仕方がないと、俺は一歩を踏み出した。

「うーん、まるで迷路だな。どんどん分かれ道が増えてる気がするし」

あれから数分歩き続けているのだが、一向に出口は見つからない。

途中、何度か分かれ道に遭遇した。

そのたびに広い方の道を選択して進んでいるのだが、果たしてそれが正しいのかどうなのか。

出口がない迷路なんてノルンちゃんは作らないだろうし、きっとどこかに脱出口があるはずだ。

「この道はもしかしたらハズレなのかな……ん？」

いったん戻ってみるか、と考え出したとき。

前方に、薄らと人影が見えた。

「おお、人だ！　おーい！」

気味の悪い洞窟をひとりで歩くことに辟易していた俺は、大喜びで手を振りながら駆け出した。

そして数秒走ったところで、ぎょっとして足を止めた。

「に、人魚？」

上半身は人間、下半身は魚の尾の、『人魚』がそこに座り込んでいた。

ひとつ結びにした青色の長い髪に片がけのローブみたいな服を着た、女性の人魚だ。

「誰……ですか？」

俺の声に反応し、うなだれていた人魚がこちらに顔を向ける。

整った顔立ちの、かなりの美人さんだ。

頬っぺたから耳の部分にかけて、美しく透き通った青色のエラのようなものが付いている。

「あ、えっと……に、人間、です」

「人間のかた、ですか。いったいどこで襲われたのですか？」

「襲われた？　……ああ、あの巨大クジラのことですか」

言葉も通じるし、敵意もなさそうだ。

俺はてくてくと歩き、その人魚へと近づく。

光の玉で周囲が照らされて、その場所が巨大ホールのような空間であることに気が付いた。

座り込んでいる人魚さんの後方には、同じようにぐったりとうなだれていたり、横たわっていたりする人魚がたくさんいた。

三百～四百人は、いるように見える。

俺の声に反応し、近くにいた数十人の人魚が一斉にこちらを振り向いた。

女性の人魚がやや多いようだが、男性の人魚もたくさんいた。

子供と若者しかおらず、しかも全員が美女とイケメンだ。

「えっと、偶然無人の港町を見つけて、そこを彷徨(さまよ)っていたんです。そしたら急に空飛ぶクジラが現れて、空に吸い上げられたと思ったら食べられてしまって」

ほかの世界から来たと説明すると面倒臭いことになりそうだったので、たまたま通りかかった体(てい)で話を進めることにした。

「そうでしたか……ということは、まだグリードテラスはルールンの街の上にいるんですね」

「グリードテラス？」

「はい。あの怪物、空飛ぶ巨大クジラの名前です。ご存じありませんか？」

どうやら、俺を飲み込んだ怪物は、この世界では一般的に認知されている存在らしい。

空飛ぶ巨大クジラ、と彼女が言っていることから、海で泳ぐ普通のクジラも存在するのだろう。

「ええ、この辺に来るのは初めてなもので……あの、失礼ですが、もしかして目が？」

話し始めてから気になっていたのだが、彼女の視線が俺から微妙にずれていた。

近くにいる人魚たちに目を向けてみる。

何人かはこちらを見ているようだが、よくよく見てみると、視線が皆あちこちに向いていた。

目を閉じている者も何人かおり、皆目が見えていないようだ。

「はい、まったく見えなくなってしまって……おそらく、ここにいるうちにグリードテラスに生気を吸われたせいだと思います」

「なんだって」

俺は慌てて、自分の手をじっと見てみる。

今のところ、視界は良好だ。

しかし、俺も遅かれ早かれ、彼女たちのようになってしまうのだろうか。

「あ、まだ飲み込まれたばかりでしたら、たぶん大丈夫ですよ。私たちの目が見えなくなったのは、飲み込まれて十日くらい経ってからでしたし」

「そ、そうですか」

とりあえずはまだ大丈夫だとわかり、ほっと息をつく。

だがそこで、あれ？　と、おかしなことに気が付いた。

「あの、人魚さんたちが飲み込まれてから、何日くらい経っているんですか？」

彼女たちが十日以上もここにいるとしたら、その間どうやって生き延びていたのだろうか。

人間、十日間くらいであれば水だけでも生きていられると聞いたことがある。

しかしこんなところでは、水も食べ物も手に入らないように思える。

人魚という種族自体が、人間よりもはるかに生命力が強いのかもしれないが。

「たぶんですけど、飲み込まれてから今日で十二日目だと思います」

「十二日ですか。聞いておいてなんですけど、こんな真っ暗な場所で、よく日数がわかりますね」

「感覚的にですけど、一日に一回、グリードテラスが海水と魚を吸い込んでくるので、それを数えていたんです。私たちが吸い込まれてから毎日一度、同じ間隔で吸い込まれてきたので」

それを聞き、俺は奥へと目を向けた。

ところどころに、魚の骨やらホタテの貝殻のようなものがまとめて捨てられている場所があった。

彼女たちはこれらを食べて、飢えをしのいでいたのだろう。

よく見てみると、しおしおになって干からびている魚も落ちていた。

このようにじめじめした場所で、腐らずに干からびるとはどういうことだろうか。

グリードテラスに生気を吸われてそうなったのだとしたら、さっさと逃げ出さないとまずいことになる。

「そうですか……うぅむ、困ったな。皆さんがここにいるってことは、出口は見つからなかったってことですよね？」

「ええ、皆でこの奥にも行ってみたのですが、この先にはどこかに続いている大穴が開いていて、とても進めなくて……なんだか酸っぱい臭いもしましたし」

「大穴ですか。ということは、この奥がクジラの胃袋だったりするんですかね」

「かもしれません」

その大穴が胃袋だとしたら、今いるこの場所は食道だろうか。

酸っぱい臭いのもとが胃酸だとしたら、落ちた瞬間に溶かされてしまうかもしれない。

「それなら、もと来た方向が口ってことになるのか。俺、ちょっと様子を見てきますね」

「あ、待ってください！」

踵（きびす）を返そうとした俺を、その人魚さんが慌てて呼び止めた。

「そちらに引き返そうとすると、変な虫みたいな生き物が湧いて出てくるんです。襲われるかもしれませんし、危ないですよ」

「虫ですか？」

そう言われても、ここにじっとしているわけにもいかない。

いずれ生気を吸われて視力をなくすと聞き、俺は若干焦っていた。

クジラの体内のグロさ加減と人魚たちの衰弱具合からいって、どうやらこれはノルンちゃんの用意したイベントではなさそうだ。

なんとか脱出しなければ、ここで衰弱死してしまう。

クジラの口から出ることができて、上手い具合に海上に飛び出せたとしても、落下の衝撃で死なずに済むのかは甚だ疑問だが。

「まあ、虫くらいならなんとか踏み潰して進んでみますよ。ダメそうなら、すぐに逃げ戻るので」

「ふ、踏み潰して、ですか？　さすがにアレは無理な気が……」

「ちょっと見てくるだけですから。それじゃ、行ってきます」

「は、はい。お気を付けて」

人魚さんの声を背に、俺はもと来た道へと引き返す。

振り返って気付いたのだが、この巨大ホールへとつながる道は、俺が通ってきた道だけではないようだ。

同じような横穴が、数十個あるように見える。

「目印でも付けておかないとダメだな。見失ったら最後だぞ」

そういえば人魚さんの名前を聞くのを忘れたな、などと考えながら、通ってきた穴に再び入る。

穴に入って数メートル行ったところで、奥の方からなにかが近寄ってくる音が響いてきた。

「人魚さんの言ってた虫の足音かな。正直なところ虫は苦手だけど、命には代えられ……ぎゃああああ⁉」

ギチギチと音を立てて現れた、それ。

体長五十センチはあろうかという、十数本の足を持った巨大カマドウマの大群を目にした瞬間、俺は絶叫して気を失った。

「大丈夫ですか⁉　しっかりしてください！」

「ん……」

身体を揺すられる感触に、目を開く。

目の前に、ものすごい美人さんの顔があった。

さっき言葉を交わした、人魚のお姉さんだ。

「よかった……死んじゃったのかと思いましたよ」

「あ、あれ、巨大カマドウマは？」

ぐりっと頭を動かして、周囲に目を向ける。

どうやら、俺は人魚さんに膝枕（？）をしてもらっているようだ。

鱗の上に頭を載せられているのだが、硬いという感触はなく、むしろ柔らかくて心地よい。

「カマドウマ？　あ、虫のことですか？　それなら、穴の奥に戻って行きましたよ」

人魚さんが指さす方へ目を向ける。

先ほど俺が入った横穴があった。

「そ、そっか。マジでショック死するかと思った……って、あれ？」

ほっとしている俺を見下ろす、美人な人魚さん。

俺と目が合っているように見える。

「目、見えてます？」

「はい。見えてます」

「はい、急に見えるようになって……それで、叫び声がした方に急いで行ったら、あなたが倒れていたので、ここまで引きずって来たんです」

にっこりと微笑む人魚さん。

実に可愛らしいというか、芸術品のように美しい。

見惚れるような造形美とはこのことか。

いつまでも膝枕をしてもらっているのも悪いので、よっこらしょと起き上がってあぐらをかく。

「すみません、助けてもらっちゃって。今さらですけど、俺、ミト・コウジっていいます」

「ミト・コウジ様ですね。私はカーナと申します」

カーナさんが、ぺこりと頭を下げる。

なんとも物腰の柔らかい人だ。

「ミト・コウジ様、大変申し訳ないのですが、ひとつお願いが……」

「あ、コウジって呼んでください。そっちが下の名前なんで」

「わかりました。そういえば、人間のかたって名前と名字があるんでしたね」

「ええ、人魚さんたちには名字はないんですか？」

「私たちにはないですね。住んでいる街の名前を、名字代わりに使うかたもおられますが」

当たり前だが、人間とそのほかの種族とでは、いろいろと文化が違うようだ。

この事態を解決できたあとにでも、あれこれと聞いてみるのも面白そうだ。

「なるほど。えっと、すみません、話の腰を折っちゃって。それで、お願いって？」

「はい、コウジ様の持っている奇跡の光に、ほかの人たちも当たらせてほしいんです」

「奇跡の光？　え、これのこと？」

　俺は目の真ん前に浮かんでいる、光の玉を指さす。

「これ、ただの照明じゃないんですか？」

「い、いえ、そういったものではないかと……古くからの言い伝えがありまして、『奇跡の光を持つ者、傷と病を緩やかに癒やし、邪悪を僅かに払いのける力を有す』というものなのですが。ご存知ありませんか？」

「いや、初耳です。それに、これはさっき初めて出せるようになったもので、使い勝手も全然わからないんですよ」

「そ、そうだったんですか」

「というか、その言い伝え、なんだか微妙ですね。『緩やかに癒やす』と『邪悪を僅かに払いのける』ですか」

　もっとこう、『人々を瞬く間に癒やし、すべての邪悪を払いのける』くらいはあってもいいんじゃないかと思ってしまう。

　なんというか、中途半端だ。

「いえいえ、そんなことないですよ！　邪悪を払うなんていう魔法は存在しませんし、光のそばにいるだけで傷や病が癒えるなんて、素晴らしい力じゃないですか！」

「うーん、そう言われると、確かに便利なような気も……あ、てことは、この光に当たれば、ほかの皆さんも目が見えるようになるってことですか」

「おそらくは。なので、お願いできればと」

「わかりました。じゃあ、ちょっと皆さんのところを回って来ますね」

善は急げと、俺は近場の人魚さんのもとへと走る。

俺を囲むように集まってもらい、とりあえず自己紹介。

それが終わると、カーナさんの目が見えるようになったことと、奇跡の光で皆さんの目を治す旨の説明。

そのほか、クジラの中での生活やら、港町の特産品やらの世間話を数分。

そうしているうちに皆の目が見えるようになるので、次の人魚さんのもとへと移動、をひたすら繰り返した。

「へえ、魚って生で齧った方が美味しいんですか」

「それはそうよ。捕まえたての子持ちの魚を、生きたままお腹からがぶり。これより美味しい食べ方なんて存在しないわ」

五歳くらいのふたりの娘を膝に載せたマダム（見た目はどう見ても二十歳くらい）が、魚を齧る仕草をする。

この人を含めて今俺を囲んでいる十人が、目が見えていない最後のグループだ。

ほかの人たちは全員、無事に視力を回復した。

「それって、人魚さんたち以外でも美味しく感じますかね？」

「あー、それはどうかしら。前に街に寄った猫人（ねこびと）さんに勧めたときは、『美味いのは知ってるけど口の周りがギトギトになるからヤダ』なんて言われたわね」

人魚さんたちといろいろと話していてわかったのだが、この世界にはさまざまな種族が存在するらしい。

人間、人魚のほかに、猫人、犬人（いぬびと）、翼人、竜人（トカゲとかリザードマンと呼ぶと嫌な顔をするから注意しろと言われた）、鳥人（とりびと）、ラミア、エルフ、ドワーフ、フェアリーなどなど、かなりの数の種族がいるとのこと。

別種族同士で結婚する者たちも稀にいるらしく、子供も作れるらしい。

生まれた子供はランダムで両親のどちらかの種族になるというのだから、なんともフリーダムな世界だ。

彼らの街には人魚しかいないが、もっと大きな街に行けば、複数の種族が一緒に生活しているとのことだ。

といっても、人魚は下半身が魚という都合上、ほぼ水辺の街にしか住んでいないらしいが。

ちなみに、人魚はある程度まで成長すると老化が止まり、寿命が近づくと一気に老化してミイラのようになって死ぬらしい。

「まあ、確かに魚の血と脂で大変なことになりそうですしね。皆さんは汚れるのは嫌じゃないんですか？」

俺が聞くと、マダムの隣に座っていた旦那さん（こちらも見た目は二十歳くらい）が口を開いた。

「そりゃあ、俺たちは海の中でも食べられるからさ。その辺は別に気にならないわけよ。汚れは全部流れちゃうからね」

「み、水の中で食べるんですか。食べにくくないですか？」

「そんなことはないよ。塩気も頬エラで自由に調整できるし、どんな魚でも美味く食える。生ものを食べるなら海中に限るよ」

「どんな身体の仕組みなんだか、さっぱりわからないっすね……」

そんな話をしているうちに、視力が戻ったという人がぽつぽつと現れ始めた。

視力が戻るだけでなく、体調まで回復しているようだ。

全員の視力が戻ったあとも、念のためさらに数分間雑談を続け、万全を期した。

「よし、これで全員視力は戻りましたね」

「コウジ様、本当にありがとうございます。なんてお礼を言ったらいいか」

ずりずり、とカーナさんが尾っぽを器用に動かしながら、俺のそばに移動してきた。

人魚は陸地では飛び跳ねて移動するのかと思っていたのだが、尾っぽをうねらせて歩くようだ。

ゆっくり進むのなら別にそこまで変ではないが、いわゆる全力ダッシュをする際は、ちょっとホラーな動きになるような気がする。

「いやいや、別にこれくらいどうってことないですよ。俺の力なのかどうかも怪しいですし」

「しかし、これからどうやって脱出するかね？」

先ほど話していた旦那さんが言うと、皆が一様に唸った。

奥は胃袋、手前は巨大カマドウマ。

胃袋はどうにもならないが、巨大カマドウマならば、俺の持っている『奇跡の光』で退けることができるかもしれない。巨大カマドウマが邪悪な生き物であればの話だが。

「もしこの光で虫を追い払えたら、なんとかクジラの口まで戻ってみますか？」

「でも、これだけの人数がいては、全員一度に戻るのは……」

カーナさんの言葉に、それもそうだと俺は考えを改める。

数百人の行列では、後方まで光が届くはずもない。

途中で虫に襲われて死傷者続出、なんてことになったら洒落にならない。

全員一緒に確実な方法で脱出しなくてはダメなのだ。

「ううむ、クジラのお腹から脱出か……」

なにかいい方法はないものかと、周囲を見回す。

ピンク色の肉壁と、吸い込まれた魚の死骸や骨。流木や建物の残骸も、そこかしこに落ちている。

――確かなにかのアニメで、クジラの腹から脱出する話があったよな。あれって確か、クジラの腹の中でたき火をしていたような。

ふと、子供の頃に見たアニメ映画の話を思い出した。

クジラに飲み込まれた主人公が、脱出のためにクジラの腹の中でたき火をし、それによってクジラがくしゃみをして主人公が外に飛び出す、といった内容だった気がする。

くしゃみで外に飛び出した場合、ここにいる全員が地面か海面に叩きつけられることになるだろうが、さすがにクジラがくしゃみをするといった展開にはならないだろう。

たき火の熱で、上手くいけばクジラを退治できるかもしれない。

「よし、たき火だ。たき火をしよう」

「えっ、たき火ですか？」

困惑顔のカーナさんに、俺は頷く。

「ええ、ここで盛大にたき火をして、クジラ……グリードテラスを内側から燻して退治してやろうと思って」

「なるほど……ですが、どうやって火を起こすんですか？」

「……」

もっともな指摘を受け、俺は黙りこくった。

ライターなどそう都合よく持っているわけもなく、火起こしに使えそうなものなどなにもない。

見たところ、周囲にもそういった類（たぐい）のものはなさそうだ。

ポケットをまさぐってみる。

出てきたものは、スマートフォンとミントガムが五枚ほど。

ガムはともかく、スマートフォンの照明機能をすっかり失念していた。まあ、そのおかげで、奇跡の光とやらを使うことができたのだけれど。

「……あ、いけるじゃん。いけるいける」

「え？」

「たぶん、これで火が起こせるかなって」

俺はスマートフォンを取り出すと、裏のカバーを外してバッテリーを取り出した。

続いて、ミントガムを一枚取り出す。

欲しいのは、ガムを包んでいる銀紙だ。

「ガム食べます？」

「ガム……ですか？　初めて見る食べ物ですね……」

カーナさんがガムを受け取り、口に入れた。

数回咀嚼し、「う」と顔をしかめた。

「あ、それは飲み込まずに、噛んで味を楽しむものなんです」

「そ、そうですか……なんだか変な味がします」

「ダメだったら吐き出しちゃっていいんで」

「もうちょっと頑張ってみます……」

なんとも微妙な顔をしているカーナさんを横目に、俺は銀紙を細長い板状に畳む。

真ん中部分を少しちぎり、凹形にした。

これで準備完了だ。

「それで火が起こせるのですか？」

もぐもぐ、とガムを噛みながらカーナさんが言う。

ミントのいい香りが吐息に混ざっていて、なんかエロい。

「おそらくは。まあ、見ていてください」

俺はTシャツを脱いでその場に置き、先ほど作った銀紙の板をコの字に曲げた。

「え、ど、どうして脱ぐんですか?」

「燃やすものが必要でして。これくらいしか手元になくて」

銀紙の両端をバッテリー端子の両端に押し当てる。

すると、ものの数秒で銀紙の中心から煙が出て、火がついた。

こうして火起こしをしている動画を、インターネットで見たことがあったので真似してみたのだが、上手くいって本当によかった。

カーナさんが、「わあ」と瞳を輝かせる。

「すごいですね！　そんな道具があるんですか！」

「いやあ、上手くいってよかった。皆さん、燃えるものをありったけ、ここに集めてください」

「「「あいよー」」」

俺の号令で、人魚さんたちが木材を拾いに散らばっていく。

Tシャツに火を移し、そこに近くにあった魚の骨やら木の切れ端やらをくべた。

皆が持ち寄った木材をそこに投げ込むと、どんどん火の勢いが増していく。

やがて、四、五メートルほどにまで炎が大きくなった。

魚肉の焼ける、香ばしくも食欲を誘う匂いが漂い始める。

暖かいねぇ、などと言いながらカーナさんと並んでそれを見ていると、急に地面が震動し始めた。

同時に、グリードテラスのくぐもった悲鳴のような声が響く。

「おお、効いてる効いてる！　内側から焼かれるのは苦しかろう！　ふはは！」

「やりましたね！　このまま退治できるかも！」

体内を焼かれ、グリードテラスは苦しんでいるようだ。

ぐらぐらと、地震のように足元が激しく震動している。

これならいける、と皆で喜んでいると、黒い煙が天井に溜まっていき、少しずつ下りてきた。

周囲も、まるでサウナにいるように暑くなってきた。

「あ、あの、コウジ様。私たち、このままだと煙に巻かれてしまうのでは……」

「よし、今日のところはこれくらいで許してやるか！　カーナさん、水を持ってきて！」

「ここに水があるように思えます!?」

カーナさんのツッコミが入った瞬間、グリードテラスが一際大きな悲鳴を上げた。

がくん、と地面が大きく傾いて、俺たちの身体が宙に浮く。

グリードテラスが、かなりの速度で降下しているようだ。

「しめた！　このまま地上に落ちれば、口から出て行けるかもしれないですよ！」

俺は地面から一メートルほど浮き上がった状態で、同じように隣に浮かぶカーナさんに笑顔を向けた。

カーナさんが、ぱちんと手を合わせて微笑む。

「そうですね！　海に潜ってくれれば火も消えますし、泳いで脱出できますね！」

「そうそう！　海水が入ってくれば……え、それだと俺死ぬんじゃ――」

そう言った瞬間、グリードテラスが再び悲鳴を上げた。

落下速度がぐぐっと緩やかになり、俺たちは地面に押し付けられた。

今度は先ほどとは逆方向に、急激に地面が傾き始める。

どういうわけか、上昇しようとしているようだ。

尾の方に流れていた煙が、一気に反対方向へと流れ出した。

熱いやら煙たいやら地面に押し付けられるやらで、もうめちゃくちゃだ。

「ちょ、なんで上がるんだよ！　げほっ！　げほっ！」

「けほっ、けほっ、あ、あっちは胃袋ですよ！　なにかに掴まって！」

俺は慌てて手近な出っ張りに掴まり、滑り落ちないようにと必死で身体を支える。

着地の衝撃で散らばった燃え盛る木材が、ころころと俺の方へ転がって来た。

「あちちちち！」

グリードテラスが大きな悲鳴を上げ、再び地面が激しく震動した。

「ああっ!?　コウジ様ぁ！」

「カーナさんっ！」

俺はとっさに片手を伸ばし、滑り落ちそうになったカーナさんの手を掴んだ。

その拍子に、出っ張りを掴んでいた俺の手がずるっと滑った。

まるで滑り台のように、俺たちの身体が滑り落ちる。

その先には、グリードテラスの胃袋へとつながる穴。

周囲でも、数十人の人魚たちが、悲鳴を上げながらその穴へと向かって滑り落ちていく。

「ひいいいい!? ノルンちゃん助けてえええ!!」

思わず叫んだ瞬間、俺の周囲の地面を突き破って、数十本の茶色い木の枝が飛び出してきた。

枝は鳥カゴのような形状の檻になって俺を捕らえ、そのまま中空に突き上げた。

さらに、一際大きく地面が切り裂かれ、そこから誰かが飛び出てきた。

それと同時に、グリードテラスのすさまじい絶叫が響き渡る。

がくんと、地面の角度が反対方向に傾いた。

「ノルンちゃん！」

緑色の長い髪を目にし、俺は歓喜した。

ノルンちゃんが助けに来てくれたのだ。

だが、彼女の様子が全体的におかしい。

「アアアアア!!」

ノルンちゃんは、顎が外れているんじゃないかというくらいに口を開き、怖気の走るような絶叫を上げた。

　身体は首筋まで樹木の幹のようなものに変異しており、両手両足があるはずのそこからは、太い幹が伸びて彼女の足元の地面に続いていた。

全身グリードテラスの体液にまみれて、酷い有様だ。

服もボロボロで、かろうじて身体に引っかかっているような状態だ。

さらに白目を剥いており、どう見ても正気を失っている。

「ちょっ、ノルンちゃん⁉　俺だよ！　コウジだよ！」

「アアアアアア‼」

ノルンちゃんは絶叫しながら、俺を捕らえている檻に急接近した。

バキバキと無理やり檻の隙間に身体を捻じ込ませ、俺の顔から数センチにまで顔を寄せた。

食われる！　と俺の本能が警鐘を鳴らす。

「ひいいい！　ノルンちゃん、しっかりして‼」

「アアア……あ……あ……」

ぐぐっと、白目の上から薄緑色の瞳が下りた。

目をぱちくりさせ、ノルンちゃんは俺の顔を凝視する。

「あ、あれ？　コウジさん？」

「……正気に戻った？」

「コウジさん！　ああ、よかった‼」

ノルンちゃんは涙混じりの笑顔で、俺に頬ずりしてきた。

まるで猫がじゃれつくような仕草だ。

先ほどのホラーな印象は、欠片も残っていない。

「よかった、本当に！　私のせいで、コウジさんの身にもしもの――」

彼女が言いかけたとき、周囲に地響きのような音が響き始めた。

「んぎっ⁉　いぎゃあああ⁉」

同時に、ノルンちゃんが表情を歪めて絶叫した。

悶えるようにして頭を振り回し、身をよじる。

めきめきと音を立て、幹状の両腕両足の付け根部分にヒビが入った。

ばきん、と大きな音を立てて手と足が切り離され、達磨状態になったノルンちゃんが俺に倒れ込んできた。

俺は慌てて、彼女を抱き止める。

「ノルンちゃん⁉　て、手と足っぽいのが取れちゃったよ⁉」

「はひゅっ……コ、コウジ、さん……」

息も絶え絶えといった様子で、彼女は俺を見上げる。

揺れが激しさを増し、がくんと地面が沈んだ。

「ク、クジラを支えている幹が……崩壊……します……」

「え⁉　どういうこと⁉」

ずずん、と鈍い音が響き、再び地面が沈んだ。

俺は足元の太い幹に目を向ける。

地面が徐々に引き裂かれ、めりめりと幹が突き出てきていた。

俺たちふたりは、木の枝でできた檻の中。

このままでは、枝ごと天井に押し付けられてミンチにされてしまう。

「やばい！　ノルンちゃん、檻を壊して！　潰れちゃう！」

「は、はい……も、もうちょっとだけ、このまま……」

「このままだと潰されちゃうんだって！」

彼女を抱きかかえたまま、俺は木の枝に蹴りを入れた。

当然ながら、びくともしない。

檻が天井に近づく。

「ノルンちゃーん！」

「……んんおりゃあああ!!」

それまでぐったりしていたノルンちゃんが突如叫び、両腕の断面から勢いよく蔓が伸びた。

それがしゅるしゅるっと檻の格子に巻き付き、ばきばきと音を立てて両脇に押し広げていく。

俺は彼女を強く抱き締め、その隙間に身を投じた。

俺たちが飛び出た直後、檻は天井に押し付けられて、ぺしゃんこになった。

「ほいさっ！」

ノルンちゃんは蔓を伸ばして地面に突き立て、ぐにゃりと曲げて落下の衝撃を緩和した。

俺は彼女に抱きついたまま、ふわりと地面に下り立った。

「あ、危なかった……」

「ギリギリでしたねー。はあ、間に合ってよかったです」

「だねぇ……って、ノルンちゃん、身体がえらいことになってるけど、それ大丈夫なの⁉」

ノルンちゃんは両足が付け根から切断された状態で、胴体の皮膚はごつごつした茶色い木の皮のようになっている。

両腕からは蔓が伸びており、かなりインパクトのある外見だ。

先ほどは両腕両足を自分の意思で切断したようだが、悶えながら絶叫していたからには、相当痛かったのだろう。

「あっ⁉　ご、ごめんなさい！　今もとに戻しますから！」

伸びた蔓が、するすると縮んでいく。

そしてぐにゃりと歪んだかと思うと、あっという間に人間の手に変異した。

太もも部分からも木の根が伸びて、同じように歪んで人間の足に変異した。

めきめき、と胴体が音を立てて蠢き、人間のそれに変わっていく。

おお、と俺は声を漏らしながら、その様子を感心して眺めていた。

「なんという再生能力……いや、変身能力か」

「お見苦しいところをお見せしてしまいました……うう」

ノルンちゃんはしゅんとした様子で、俺の胸元に視線を落としている。

奇跡の光が彼女の身体の中にめり込んでいるのだが、大丈夫なのだろうか。

「いやいや、おかげで助かったよ。ありがとう」

「……私、気持ち悪くないですか？　まるで怪物みたいですよね？」

ノルンちゃんが上目遣いに、俺を見上げてくる。

どうやら、先ほどのすさまじい姿を俺に見られて、どう思われるかを気にしているらしい。

なりふり構わず助けに来てくれた彼女のことを、悪く思うはずがないのに。

「気持ち悪くなんてないよ。驚きはしたけどさ。さすがは俺の女神様だよ」

「……そうですか！　変なこと言ってごめんなさいです！」

ノルンちゃんはにぱっと笑顔になり、俺から離れた。

彼女の中にめり込んでいた光の塊が抜け出てきて、俺の目の前に浮かぶ。

「あ、あの……お取り込み中のところ大変申し訳ないのですが……」

その声に俺たちが目を向けると、カーナさんがおずおずといった様子で俺たちを見ていた。

いつの間にか周囲に集まっていた人魚たちも、不安そうにこちらを見つめている。

「先ほどから、変な音が下から響いてくるのですが……」

「「あ」」

俺たちが同時に声を上げた瞬間、すさまじい破砕音が足元から響いた。

ぐらり、と地面が大きく横に傾く。

その直後、俺たちの身体は宙に浮いた。

グリードテラスを貫き、支えていたものが崩壊したのだ。

「うおおお!?　ノルンちゃん、なんとかしてええええ！」

「かしこまりました！」

ノルンちゃんが両手を広げ、俺に向き直った。

「コウジさん、ぎゅってしてください！」

「はい⁉」

「早く！」

言われるがまま、俺はノルンちゃんを引き寄せて抱き締めた。

先ほどとは違い、とても柔らかくて温かく、素晴らしい抱き心地だ。

なんだかいい匂いもする気がする。

「てやあああ！」

彼女の両手が一瞬にして数十本の蔓に変異し、すさまじい勢いで四方八方に伸び出した。

そして、悲鳴を上げながら落下する人魚たちを、次々と絡めていく。

両足も再び数十本の木の根に変異し、勢いよく地面に突き刺さった
「地上に墜落します！　皆さん、舌を噛まないように口を閉じてください！」

ノルンちゃんが叫んだ数秒後。

轟音とともに、地面が大きく跳ね上がった。

足元の根が大きくたわみ、衝撃の大半を吸収した。

「……ふいー。なんとかなったのですよ。さすがにヘロヘロです」

ノルンちゃんはやれやれといった様子で、蔓を絡めて救った人魚たちをその場に下ろしていく。

「た、助かった……マジで死ぬかと思った」

俺も地面に下ろしてもらい、周囲を見回す。

人魚たちも皆、無事のようだ。

地面の震動は、完全に止まっている。

グリードテラスは息絶えたのだろうか。

どちらにせよ、早く脱出しなければ。

「よし、外に出よう。ノルンちゃん、壁に穴を開けてくれない？」

「穴ですか。突き刺すのは得意なんですけど、切り裂くのは苦手なんですよね」

ノルンちゃんは手足をもとに戻しながら、少し困ったように言う。

かなり疲れているようで、フラフラしていた。

「あれ？　でも、さっきはクジラのお腹を突き破って助けに来てくれたじゃん」

「あれは、ここら辺一帯の大地の生命力を根こそぎ吸収したのと、可能な限り光合成をしたうえに、暴走状態になって能力のリミッターが外れていたからできたのですよ。もうちょっとで、完全に正気を失うところだったのです」

「マジか。光合成できるって、ノルンちゃんって植物だったのか」

「植物じゃなくて、栽培の女神なのですよ。全然違うのですよ」

「そ、そっか、ごめん。で、さっきは女神から邪神にクラスチェンジしそうだったってこと？」

「そんな感じです。コウジさんのおかげで、かろうじて戻って来ることができたのですよ」

先ほどグリードテラスを仕留めたらしい超絶パワーは、滅多に使えるものではないようだ。

そうなると、俺たちは巨大カマドウマを排除しつつ、口から出ていくしかない。

「あ、でも、もう一度ぎゅってしていただければ、なんとかいけると思います」

「……え？　ぎゅっとって、抱き締めるってこと？」

「はい！」

おいで、といった具合に、ノルンちゃんが笑顔で両手を広げる。

ボロボロになった服の隙間から、白い柔肌が覗いていてかなり危険だ。

とはいえ、こんな可愛い子とハグできるなんて、嬉しい以外の感情が湧くはずもない。

問題は、周囲を大勢のギャラリーに取り囲まれているという点だ。

「救世主様！　私たちのことはお気になさらず！」

「ほれほれ、さっさと抱きつけー！」

「はあ……コウジ様、もうお手付きだったのですね……」

「ハーグ！　ハーグ！」

あちこちから好き勝手に言葉を投げてくる人魚たち。

ハグという単語が普通に通じる辺りに、この世界の適当っぷりが垣間見える。

というより、こいつらのノリはいったいなんなんだ。

「え、えっと、俺と引っついて、この光の力を取り込むってことなのかな？」

俺は、俺の前にふわふわと浮かぶ、光の玉を指さす。

この光に触れるだけなら、別に抱きつかなくても大丈夫な気はする。

超至近距離で向かい合うという、抱きつくのと大して変わらないレベルで、恥ずかしいことにはなりそうだけども。

「いえ、違います。私はコウジさんの近くにいればいるほど、神力をたくさん補充できるのです。能力が使い放題になるのですよ」

「え？　どういうこと？」

「この世界の根源は、コウジさんの願望なのです。それをもとに世界を作り上げたのは私なので、私は世界の根源であるコウジさんから、この世界で奇跡を行使するための神力を供給してもらうことができるのです」

なんともわかりやすいんだかわかりにくいんだか、判断しにくい説明だ。

要約すると、ノルンちゃんが力を使うのにはエネルギーが必要で、そのエネルギーの供給源が俺なのだろう。

大地の生命力やら光合成でもエネルギーを得ることはできる、みたいなことを、さっき彼女は言っていた。

だが、グリードテラスに飲み込まれた俺をすぐに助けに来なかったということは、そういった方法でのエネルギー補充にはかなり時間がかかるのだろう。

「その光の玉の力は、私にとっては鎮痛剤代わりというか、オマケみたいなものですね。もちろん治癒の効果もありますが、コウジさんに引っついているのと光に当たっているだけとでは、治癒の仕方も雲泥の差なのですよ。直に肌を接していると、効率が桁違いなのです」

「そうだったのか。それって、ほかの人にも同じことが言えるの？」

「いえ、私限定です。ほかの人が引っついても、なんにもならないですよ」

「ふーん……」

「なので、はい！」

ノルンちゃんが、再び笑顔で両手を広げる。

今の説明は周囲の人魚たちも聞いていたので、これでやましいことはないとわかってもらえたはずだ。

「じゃ、じゃあ、ぎゅっとさせていただきます……」

「はい！　あ、お尻とか触ってもいいですよ！　ご迷惑をおかけしたので、特別サービスなのです！」

「この状況でそんな真似できると思う⁉」

俺は赤面しながらも、ノルンちゃんを抱き締めた。

なぜか、割れんばかりの拍手がギャラリーから送られる。

ぴゅーぴゅーと、指笛まで聞こえてくる始末だ。

「コウジさん……私、幸せです……」

「からかわないでください。死んでしまいます」

「えへへ」

ノルンちゃんはいたずらっぽく笑うと、右手を壁に向けた。

「でしては、そこの壁にしましょうか。皆さん、少し離れていてくださいね」

一瞬で彼女の右手が太い蔓に変化し、その先端がめきめきと音を立てて茶色く変色した。

「えいやっ！」

かけ声とともに勢いよく蔓が伸び、高速で壁に突き刺さった。

ぎゅるん、と蔓が捻じれ、無理やり奥へと突き進んでいく。

十秒ほどして、ノルンちゃんが「おっ」と声を上げた。

「突き抜けました！　少し時間がかかりますが、これを繰り返せばいけるですよ！」

「おお、さすがノルンちゃん。よろしくお願いします」

「かしこまりました！」

ノルンちゃんは俺に抱きついたまま、蔓を手元にまで一気に引き戻した。


「よいしょ！　もうちょっとなのですよ！」

ノルンちゃんが肉塊を俺に渡し、元気いっぱいの笑顔で言う。

あれから、彼女の蔓で壁をズタズタに突き崩したのだが、壁があまりにも厚すぎて、ちぎれた肉を外に押し出すことはできなかった。

仕方がないので、皆でバケツリレー方式で、それらを掻き出しているというわけだ。

ちなみに、ノルンちゃんの蔓は、柔らかく小さいものを掴んだり運んだりするのは苦手とのこと。

基本的に、突き刺したり巻き付いたりといった、大雑把な行動しか取れないらしい。

操る蔓を数本にして、時間をかけてゆっくりとなら、できないこともないらしいのだが。

「ううむ。すんごい量だな、これ」

「そうですね。でも、全然臭いませんね」

ずっしりとしたグリードテラスの肉片を俺から受け取り、カーナさんが言う。

言われてみれば、あって当然の生臭さが微塵も感じられない。

グリードテラスに飲み込まれた直後も、まったく臭いを感じなかった。

体液まみれになったノルンちゃんも、まったくの無臭だ。

「なあ、結構美味いぞ、これ」

「へえ、そうなん……って、食ってるんですか⁉」

驚いて、声の方に振り向く。

何人かの人魚さんたちが山積みの肉片のそばにしゃがみ込んで、もぐもぐとおやつタイムに興じていた。

「俺らもたまに、ちっちゃい種類のクジラを捕まえて食べるからさ。食べられるんじゃないかなと思ってね」

「グリードテラスっていっても、空飛んで暴風を巻き起こすだけで、クジラはクジラだもんな」

「腐る前に、できる限り燻製か塩漬けにしちゃいましょ。こんなにあるのに、もったいないわ」

もっしゃもっしゃと肉を頬張りながら、そんな話をしている人魚さんたち。

数時間前まで死にそうな目に遭っていたというのに、なんともたくましい限りだ。

「あ、ほんとだ。コウジさん、美味しいですよ、これ！」

「あらほんと。美味しいです」

「お前らも食ってるんかい！」

ノルンちゃんやカーナさんまで、肉を食い始めている。

それにつられてほかの皆もその場に座り込み、近くにある肉片をもぐもぐと食べ始めた。

警戒している自分がアホらしくなってきたので、俺もノルンちゃんから一欠片貰って口に入れる。

「うわ、なんだこれ。うっま！」

ほんのり塩味が利いた、馬刺しみたいな味だ。

まったく筋張っておらず、ほどよい歯応えで非常に食べやすい。

店で食べたら、一皿五切れで千五百円くらい取られそうな味だ。

「コウジさん、せっかくだし食事休憩にするですよ。このお肉には、有毒物質はなにも入っていません。栄養価も高いですよ。なんだか、ほのかに祝福の力も働いていますし」

「え、そんなこともわかるの？」

「はい。体内に取り込めば、それになにが入っているのかはわかります。これでも一応、栽培の女神なので」

栽培の女神だとなぜそれがわかるのかはよくわからないが、女神様が大丈夫というのだから大丈夫なのだろう。

「もし、誰かが傷んでるお肉を食べちゃってお腹を壊しても、奇跡の光に当たれば問題ないのですよ」

「マジか。てことは、今の俺ならフグの毒でも無毒化できるのかね？」

「テトロドトキシンは厳しいと思うですよ。奇跡の光は癒やしの力を持ちますが、猛毒を即時解毒するといったほどの力はないのです。過信は禁物なのですよ」

「食中毒くらいなら平気ってこと？」

「程度にもよりますけどね。コウジさんに限っていうなら、腐って酸っぱい臭いがする牛肉を食べても、最悪下痢するくらいで済むと思いますよ」

「それ、地味にすごいな。腐肉を食らう野生動物みたいだ」

「あと、その光があれば、よっぽどのことがない限り病気には罹らないかと」

「なにそれ、すごい」

「主人公補正ってやつですね。理想郷に来た際のオマケみたいなものです。健康第一なのですよ」

まさか、そこまで便利なものだったとは。

正直、強力な身体能力を持ったり攻撃魔法が使えたりするよりも、日常生活を快適に過ごせるこの光の玉の方が、俺には合っている。

一生病気から守ってくれて、ちょっとした怪我なら短期間で治癒させてくれる光の玉。

なんて素敵な贈り物なのだろう！

とはいえ、ずっとこのまま目の前に浮かんでいるというのは少々邪魔だ。

寝るときなんか、まぶしすぎて絶対に困る。

どうにかして、一時的にでも引っ込められないだろうか。

「あれっ？」

そう思った瞬間、光の玉が俺の身体の中に引っ込んだ。

「わっ、真っ暗なのですよ！　コウジさん、引っ込めないでほしいです！」

「ご、ごめん。でも、どうやって……あ、出た」

慌てながらも光の玉が出るように念じたところ、すぐにまた目の前に飛び出してきた。

どうやら、これは俺の意思で出し入れ自由なようだ。

「この光の玉ってさ、頭の上とかに移動できないの？　目の前にあると邪魔で仕方がないんだけど」

「もちろんできますよ。いったん引っ込めて、頭の上の好きな高さに出るように念じてくださいませ」

言われたとおり、光を引っ込めて、念じてみる。

ひゅっと、頭の上一メートルくらいの位置に、光の玉が飛び出した。

玉はその位置で固定され、いくら念じても動かすことはできない。

やはり、俺を基準とした位置固定式のようだ。

「おお、できた。でもさ、これ不便じゃない？　もっと自在に動かせた方がいいような気がするんだけど」

「いえいえ、固定の方が便利なのですよ。自在に動かせるようにすると、あっちを見たりこっちを見たりするたびに、光が動いちゃいますから。邪魔臭くて、出していられないのですよ」

「む、そうなのか。言われてみれば確かに……」

「外が見えたぞー！」

俺たちが肉を食べながらそんな話をしていると、肉のトンネルの奥から声が響いた。

数人の人魚たちが、肉を食いながら肉をかき分けていたようだ。


「次のかたどうぞー！」

外に下り立ったノルンちゃんが、こちらに向かって声を張り上げる。

彼女の足は木の根になって地面に固定されていて、両腕は数十本の蔓に変化していた。

蔓は滑り台のような形に束ねられており、俺たちのいる脱出口へと延びていた。

地上から脱出口までの高さは、五十メートル近くはあるだろう。

蔓の長さは百メートルちょっとといったところだろうか。

今はひとりずつ、地上へと滑り下りているところだ。

俺は皆を安全に滑らせるための誘導員役で、ノルンちゃんは地上での受け止め役である。

「はい、どうぞ。行ってらっしゃい」

「行ってきまっひょおおお！」

送り出した若い女性の人魚さんが、勢いよく滑り下りていく。

摩擦熱とか、大丈夫なのだろうか。

「はー、ノルン様、本当にすごいですね。女神様って、本当にいるんですね」

楽しそうな歓声を上げながら滑り下りていく女性を眺め、カーナさんが感心したように言う。

確かにすごいんだが、この滑り台を作るのに、十分以上はかかっていた。

俺と手をつなぎながら作ったにもかかわらず、しんどいしんどいと連呼しながらやっていた。

このような能力の使い方は、体力もそうだが神経も磨り減るのだろう。

「そうですね……あの、街を壊しちゃって本当にすみませんでした……」

俺は瓦礫の山と化している街を前に、びくびくとカーナさんの横顔を見た。

ノルンちゃんは街なかで超絶パワーを発揮したらしく、港付近にとんでもない太さの巨木が生えていた。

巨木は下降してきたグリードテラスの腹を貫いて息の根を止め、そのあとに半ばで折れてしまい、グリードテラスは街の中心に墜落したのだ。

墜落の下敷きと衝撃とで、街の建物の九割方が崩壊していた。

周囲一帯の草木はどれも枯れ果てており、茶色く変色してしまっている。

ノルンちゃんが生命力を根こそぎ吸収した結果だろう。

「いえいえ、街はまた再建すればいいんですし、気にしないでください。おふたりのおかげで、ひとりも欠けずに助かったのですから」

「うう、そう言ってもらえると救われます……でも、家はなんとかしないとですよね。このままじゃ野宿生活だ」

「あ、それなら大丈夫です。海中のお家が使えると思いますので」

「えっ、水の底に見えた建物って、皆さんの家だったんですか？」

「私たちが作ったわけではないんですけどね。大昔からある海底遺跡を、そのまま使わせてもらっているんです」

さすが人魚、陸地でも水中でも生活できるようだ。

これなら、ひとまず彼女たちの寝床の心配はいらないかな。

「あの、ひとつお伺いしたいのですが……」

「なんです？」

「コウジ様も、神様なのですか？」

「いや、俺は一般人です」

即答する俺に、カーナさんが小首を傾げる。

そういえば、さっきノルンちゃんと話していた際に『世界を作り上げた～』とか『世界の根源は～』みたいなことを皆の前で言ってしまっていた。

「えっとですね、なんて言えばいいのか……俺、ノルンちゃんと初めて顔を合わせたのも、つい昨日の話なんですよ。それで、なんやかんやあって、ノルンちゃんと一緒にこの街にたどり着いて、今こんな感じです」

「は、はあ。なんやかんやですか」

まったく説明になっていない気もするが、これまでのいきさつをすべて説明しても、理解してもらえないだろう。

この世界が誕生したのはつい昨日だなんて、関係者の俺ですら正直信じられない。

「俺のことはいいとして、ちょっと聞きたいことがあるんですが」

「あ、はい。なんでも聞いてください」

「あのグリードテラスって、ほかにもたくさんいたりするんですか？」

「どうでしょう。この辺に現れ始めたのも、つい二カ月前くらいなので……もしかしたら、ほかの地域にも現れているかもしれないですね」

「え、あれって、昔からいたわけじゃないんですか」

「はい。何年か前から、世界のあちこちでよくわからない生き物やら、伝説上の怪物やらが出現し始めたらしいんです」

「そうだったんですか……あれ？　ならどうして、皆さんは全員グリードテラスに飲み込まれていたんですか？　現れ始めてからしばらくの間は、なんとか逃れていたんですよね？」

「えっと……年に一度のお祭りで盛り上がっているところにグリードテラスが現れちゃって……深夜だったせいで出現に気付かずに、皆まとめて……」

「ええ……」

「コウジさーん！　皆さん下り終わりましたよー！　コウジさんも下りてきてくださーい！」

なんとも間抜けな話を聞いたところで、ノルンちゃんが俺たちを呼んだ。

続きは下りてからにするとしよう。

「ひょおおお！　なにこれ、すごく楽しい！」

約百メートルほどの長さの滑り台を満喫し、俺は地上に下り立った。

ノルンちゃんが滑り台を形成していた蔓と木の根を引っ込め、人間の手足に変異させる。

何度見ても、どういう原理なのかさっぱりわからない。

「はあ、疲れました……コウジさん、しばらく引っついていてもいいですか？」

「い、いいけど、その格好のままはちょっと……」

ノルンちゃんの服はボロボロで、胸やら腹やらがところどころ露出してしまっていて、裸と大差がない。

俺のTシャツを貸してあげたいが、さっき燃やしてしまった。

「ありゃ、ほんとですね。乙女としてあるまじき格好です。そういうコウジさんは、上半身裸ですけどね」

「クジラの中でたき火をしたもんでね。Tシャツはその燃料になった」

「あ、ずいぶんと煙たかったのは、そのせいでしたか」

そう言いながら、ノルンちゃんは俺の腕に自らの腕を絡めてきた。

恥ずかしいやら嬉しいやらで、顔が熱くなる。

「うんうん。極楽極楽なのです」

「だ、だから、せめてなにか羽織ってから……うお！　グリードテラスって、こんなにでかかったのか！」

恥ずかしさを紛らわすように俺は振り返り、思わず声を上げた。

墜落したグリードテラスのとんでもない巨体が、目に飛び込んだからだ。

おそらくだが、全長五百メートル、高さ百メートルはあるように見える。

まるで山が横たわっているかのようだ。

「すごい大きさですよねぇ。これはちょっと、片付けるのは無理そうです」

同じくグリードテラスを眺め、ノルンちゃんは困ったように言う。

「でも、なんとかして片付けないと……さすがに、このままってわけには」

「これは私でもどうにもならないですよ。海に落とそうにも、大きすぎて動かせる気がしないです
し」

「うーん、このまま腐ったら虫が湧いて大変なことになりそうだよな……あ、そういえば、グリー
ドテラスの身体の中にも変な虫がいたなぁ。巨大カマドウマみたいなやつが」

「うえ、それは気持ち悪いですね」

「コウジ様、ノルン様」

俺たちがグリードテラスを眺めていると、カーナさんに声をかけられた。

手に上着を二着持っている。

崩れた家の中から、引っ張り出してきてくれたようだ。

「はい、お洋服です。これで大丈夫でしょうか？」

「おお、ありがとうございます！　ノルンちゃん、服だよ服！」

「文明人の嗜みってやつですね！　でも、私はこれがあるから大丈夫です！」

ノルンちゃんがそう言うと、彼女の髪の毛が一本、しゅるしゅるとものすごい勢いで伸び始めた。

あれよあれよという間に髪の毛はまとまり、当初着ていた大きなリボン付きの薄緑色の服ができ上がった。

「ざっとこんなものなのですよ」

「なにそれ⁉　服まで作れるの⁉」

「これでも一応、栽培の女神なので！」

硬質化した指で服から垂れ下がった髪の毛を切断し、ノルンちゃんが腰に手を当てて胸を張る。

それならさっき抱きついてくる前に作れとも一瞬思ったが、よくよく考えれば嫌どころかかなり幸せだったので、突っ込むのはやめておいた。

ノルンちゃんは着替えるために物陰へと走って行ったので、俺も急いでその場で上着を着た。

無地の黒いタンクトップだ。

「ノルン様は、本当になんでもできるんですね……コウジ様、服の大きさはどうですか？」

「ちょうどいいです。ありがとうございます。でも、皆さんの服装とはずいぶん違うような……」

「ああ。私たちが着ているのはお祭り用の正装なんです。普段はそれと同じような服装ですよ」

「なるほど。確かに、こっちの方が動きやすいですもんね」

「お待たせしました！」

カーナさんと話していると、ノルンちゃんが戻って来た。

先ほど作った、大きなリボン付きの薄緑色の服。

なぜかところどころ濃淡があって、とても一本の髪の毛から作ったようには見えない。

これ、服を作って売ることを繰り返せば、一生安泰なんじゃないか。

「あの、コウジ様、ノルン様、お聞きしたいことが――」

カーナさんがそう言いかけたとき、突然俺とノルンちゃんの身体がきらきらと輝き出した。

「うおっ⁉　なんだこれ⁉」

「あ、帰還の光なのです！　もとの世界に戻るですよ！」

「え⁉　戻るの⁉　ごめん、カーナさん！　またいつか！」

「えっ⁉　ま、待ってください！」

俺の腕を、カーナさんが慌てて掴んだ。

それと同時に、俺の身体は光に包まれた。


「――はっ⁉」

突如として目に飛び込んできた見慣れた天井に、俺は慌てて身を起こした。

アパートの自室の床に、俺は寝転んでいたらしい。

数秒置いて、ちゃぶ台の上に光の粒子が現れた。

その中から滲み出るようにして、手のひらサイズのノルンちゃんが姿を現した。

やっぱり、こっちだと小人のままなのか。

「はー、よかったです。なんとか戻って……えっ⁉」

ノルンちゃんが、ぎょっとした顔でこちらを見る。

その視線を追い、俺は自分の隣へと目を向けた。

「え、えっと……」

呆然とした顔のカーナさんと目が合った。

「ななな、なんであなたまでこちらに来ているんですか⁉」

「えっ？　えっ？　ご、ごめんなさい」

ノルンちゃんの叫びに、カーナさんがおどおどしながらも謝る。

なんということだ。

現代に、人魚を連れて来てしまった。

「俺に触っていたから、一緒にこっちに来ちゃったんじゃないの？」

「いえ、本来はそんなことが起きるはずがないのです。あちらの世界のものを、こちらに持ち込むことは不可能なはずなのですよ。こちらからあちらには可能なんですが」

「でも、現にできちゃってるじゃん。俺の服も、カーナさんにもらった服だし」

「で、ですが……うーん」

腕組みして考え込むノルンちゃん。

「……どちらにせよ、できてはいけないことができてしまうこの理想郷は欠陥品なのです。あの巨大クジラも、本来はいないはずでしたし。これは困りました」

「え、欠陥品?」

俺は部屋の隅に置かれた、ドーム状の物体へと目を向ける。

相変わらず、中にはファンタジーな世界が広がっている。

「たぶん、カンラン石の代わりに大理石を使ってしまったせいかと……いえ、本当はその程度なら問題ないはずなのですが……」

「原因不明ってこと?」

「はい。なにがなにやらさっぱりです。これはもう、一度すべてを作り直すしかないですね」

「作り直す、ですか?」

それまで話を聞いていたカーナさんが、口を挟む。

「はい。あの理想郷を一度破棄して、一から新たに構築し直すのですよ」

「破棄された世界はどうなるのですか?」

「天変地異が起こって、生命が死に絶えた炎の塊になります。そこからすべてを作り直すのですよ」

「えっ⁉ そ、それはやめていただきたいのですが」

慌てて待ったをかけるカーナさん。

そりゃそうだ。自分たちの世界を一度滅ぼすと言われているようなもんだしな。

「ノルンちゃん、それはやめようよ。それ以外の方法でなんとかならないの?」

「ですよねー。私もやりたくないです。でも、それ以外の方法となると、かなり大変ですよ。発生しているバグを、あちらに行ってひとつひとつ取り除かないといけないのです」

「ここからちょちょいのちょいって直せないわけ？」

「一度完成してしまった理想郷は、破棄以外では外から手を加えることができないのですよ。万が一にも、被救済者の理想の世界をあとからいじられては困るので、そういうシステムになっているのです。ちなみに、破棄を実行できるのは構築した者だけです」

なるほど、たとえ世界を作った女神でも、あとから『いらぬおせっかい』で手を加えたりできないようになっているのか。

あちらの世界に入ってからでも女神が絶対的な力を行使できないということは、蔓やら樹木やらに変異して苦労していたノルンちゃんを見てよくわかった。

完成した理想郷では、あくまでも女神は序盤のガイド役。

そこでなにをするのかは、被救済者にゆだねられているのだろう。

「えっと、バグっていうのは、あのグリードテラスとかみたいな怪物ってことかな？」

「はい。わくわくドキドキする成分は確かに入れましたが、中で虐殺が起こるような血生臭いものは入れていないです。そういったものは、すべてバグかと」

「なるほど。じゃあ、そのバグとやらを全部取り除きに行こうか」

「助けていただけるのですか⁉」

俺の言葉に、カーナさんが瞳を輝かせる。

「怪物が出るようになっちゃったのは俺たちが原因ですし、責任は取らないと寝覚めが悪すぎますからね。失敗したからリセットって、いくらなんでも酷すぎるかと」

「う……ごめんなさいです。私がポンコツなばっかりに……」

しゅんとして謝るノルンちゃん。

バグの発生原因がよくわからないのはすっきりしないが、俺のために一生懸命やってくれている彼女を責める気にはならない。

「いやいや、いいよ。俺のためにやってくれたことだし、こうなるなんて思ってもみなかったんだろ？　それにほら、こういういかにも『冒険するぞ！』って流れも、わくわくするしさ」

「うう、コウジさん、ありがとうございますぅ」

ノルンちゃんが瞳を潤ませて俺を見上げてくる。

「あ、そうだ。言い忘れていましたが、これからは眠りに落ちると、あちらの世界に強制転送されるですよ」

「あっぶねえな、それ⁉　なんでそんなシステムになってんの⁉」

「ほとんどの場合、数回の転送で皆さん移住を決められるので、何度も行ったり来たりするということは考慮されていないのです。普段寝ている時間で理想郷を体験してもらって、こっちに戻って来てからいつもどおりの生活をして、落ち着いてから本当に移住するか考えるのですよ」

「ああ、なるほど。勢いじゃなくて、本人にちゃんと納得させてから移住を決めさせるってことか。でも、百パーセント理想の世界なら、移り住まない理由はないわな」

「日常生活も冒険も恋愛も、すべてがいい感じに転がっていくように構築されるので、楽しくて当たり前なのです。その世界で永遠に、何度でも輪廻転生して命を繰り返すことができるのですよ」

「すごいな、それ。その場合って、ここにあるこれはどこかに持っていくの？」

俺は部屋の隅っこに置かれている『理想郷（欠陥品）』を指さす。

「はい。私が責任を持って、天界に発送させていただきます。救済部署にある、『理想郷管理室』というお部屋に置かれることになるですよ。万が一なにかトラブルが発生したり、被救済者から問い合わせがあれば、担当の者が呼び出されて対応に当たらせていただきます」

「なるほど、それなら安心だな」

自分のために作られた、永遠に幸せな時を過ごせる世界。

しかも、アフターサービスも万全。

まさに理想郷だ。

「でもさ、こっちに残された家族とかはどうなるの？　人によっては、結婚して子供もいたりするだろうし」

「ご希望があれば、一緒に理想郷に連れて行くことも可能です。ご家族のカルマが規定値に達していない場合は、規定値に達するまで天界で研修を受けていただくことになります。完全移住後は、誰にも気付かれないように、こちらの世界の情報を天界で書き換えてしまうので、もとの世界のことは気にしなくて大丈夫です。もちろん、移住自体をなしにすることも可能ですが、お勧めできませんね」

「す、すごいお話ですね……」

カーナさんが目を丸くしている。

今さらだけど、こんな話、カーナさんには聞かせるべきじゃなかったか。

自分たちの世界が、俺のためだけに作られたまがい物だと感じてしまうはずだ。

「えっと……なにかすみません。気分のいい話じゃないですよね」

「あ、いえいえ！　私たちは助けていただいた身ですので！　それに、世界の創造主様に文句なんてとても！」

慌てた様子で、胸の前で手を振るカーナさん。

「それに、ほかの人たちはどうか知りませんが、私はあの世界に不満はありません。大きな争いもないですし、毎日のんびりお魚を獲ったりお野菜を作ったりして、なにひとつ不自由なく生活していましたから」

「そ、そう言ってもらえると、本当に助かります……」

「あんなに素敵な世界を作ってくださった、コウジ様とノルン様には感謝の念しかありません。謝る必要なんて、どこにもありませんよ」

天使か、この人は。

まあ、誰も死人が出ていないからこそ、そう言ってくれるのかもしれないが。

「ありがとうございます。あの、グリードテラスみたいな怪物が現れたって話、ほかにもあったら教えてもらえませんか？」

「二カ月くらい前に来た旅人さんが、すごく遠くの国で巨人の集団が出たと言っていましたね。ほかには特には……あ」

「なにかありますか？」

「しばらく前から、いつも物々交換に来てくれるエルフさんたちが来なくなってしまっていたことを思い出して。なにかあったのかなと」

「エルフ⁉」

　エルフと聞いて、思わずテンションが上がってしまう。

　ぜひともお目にかかってみたい。

「はい。いつも、山里からシカやイノシシなどの獣の肉や山菜を持って来てくれるんですけど、ぱったりと来なくなっちゃったんですよね。私たちに山登りは無理なので、様子を見に行くわけにもいかなくて」

「なるほど。そうしたら、俺たちが様子を見に行ってきますよ。バグが原因かもしれませんし。ノルンちゃん、いいよね？」

「はい！　理想郷の修正が完了するまで、コウジさんにお供するですよ！」

「そうと決まれば、いったん寝て……って、今は朝か」

　窓の外からは、ちゅんちゅんとスズメがさえずる音が聞こえてくる。

　時計の針は、午前七時を指している。

　丸一日以上寝ていないはずなのだが、眠気はゼロで体調も絶好調だ。

　理想郷で奇跡の光を身に付けていたおかげだろうか。

「ちょっと今は眠れそうにないなぁ。あっちに戻るのは夜にするか。どうせ今日は日曜日だし」

「コウジさん、私、朝ご飯が食べたいです」

はい、とノルンちゃんが手を上げた。

「えっ。あんなにグリードテラスの肉を食ったのに、まだお腹が減ってるの？」

「力をたくさん使ったので、腹ペコなのですよ。女神は燃費が悪いのです」

「疲れるうえにお腹も減るのか。女神って大変だな。俺に引っついていても、腹は膨れないか」

「元気にはなりますけどね。ご飯は別なのですよ」

「そうしたら、なにか作るか。ベーコンエッグでいい？」

「ベーコンエッグ！　コウジさんが食べているのを、天界からよく見ていたですよ！」

「コウジ様、私にもなにか手伝わせてください」

「それじゃあ、手伝ってもらおうかね」

そんなこんなで、ひとまず朝食ということになった。


「ベーこんえっぐ！　ベーこんえっぐ！」

流し台の上で、ノルンちゃんがうきうきした様子で奇妙な踊りを踊っている。

その傍らでは、フライパンがじゅうじゅうと音を立てていた。

「はー、この『ガスコンロ』っていう道具、すごく使いやすいですね。火起こしの手間いらずなんて、魔法が使えるようになったみたいです」

フライパンを手に、カーナさんが感心している。

そういえば、あっちの世界には魔法があるんだっけ。

「カーナさんは、なにか魔法は使えないんですか？」

「私はなにも。才能の欠片もないので」

「そうなんですか。街の人で誰か使える人はいるんですか？」

「ルールンの街にはひとりもいませんね。魔法の才能を持って生まれるかたは、人魚族ではかなり稀なので」

種族によって、魔法使いの数の多い少ないがあるらしい。

ノルンちゃんが『魔法はそこそこ』などと理想郷を構築する際に言っていたのを思い出し、納得する。

『群馬県館林市の気温は現在三十八・五度となっております。街行く人たちは皆、うんざりとした表情で――』

聞こえてきた音声に、カーナさんがテレビに目を向けた。

部屋の中にある品々についてあれこれ聞いてきた彼女のリクエストに応え、つけっぱなしにしているのだ。

「……すごい街並みですね。まさに別世界って感じです」

ビルの上からスクランブル交差点を映した映像が、リポーターの声とともに流れている。

「まあ、実際に別世界ですからね……そろそろ火を止めて、お皿に載せましょう」

「あっ、はい！」

カーナさんが火を止め、ベーコンエッグを皿に載せる。

ベーコン五枚、卵ふたつのごく普通のベーコンエッグだ。

俺はグリードテラスの肉で満腹なので、食べるのはカーナさんとノルンちゃんだ。

「やったぁ！　早く早く！」

「はいはい、ちょっと待っていてくださいね」

カーナさんが運んでくれている間に、レンジでチンしておいたパックご飯をお茶碗と小皿に盛った。

席に着き、ノルンちゃんとカーナさんがいただきますをする。

ノルンちゃんは手掴み、カーナさんはナイフとフォークだ。

ちなみに、米は向こうの世界にもあるらしい。

人魚たちは身体の作りの都合上、水田内をすり足で移動すると体が沈み込んで身動きが取れなくなってしまうので、米は作っていないとのことだ。

トマト、ジャガイモ、キュウリなどの野菜は作っていて、魚が主食の自給自足生活を送っていたらしい。

……無事な畑はどれだけ残っているのだろうか。

「カーナさん、醤油ってわかります？」

「はい、魚から作る調味料ですよね？」

「あ、いや、それは魚醤(ぎょしょう)ってやつですね。これは豆から作ったやつです」

醤油ビンのフタを取り、カーナさんに渡す。

くんくんと、カーナさんが匂いを嗅ぐ。

「あ、これですか。前に一度、旅の商人さんから買って使ったことがあります。美味しいですよね」

「コウジさん、早くー！」

「おお、ごめんな。って、ノルンちゃんは醤油でいい？　それとも塩がいいかな？」

「コウジさんがいつも醤油をかけているのを見ていたので、醤油がいいです！」

「ほいほい」

醤油を適量、ベーコンエッグにかける。

カーナさんが、ノルンちゃん用にベーコンと目玉焼きを小さく切り分けた。

待ってましたとばかりに、ノルンちゃんがベーコンを掴んでかぶりつく。

「っ！　んんんぃぃぃ！　最高ですううう!!」

ノルンちゃんは感動の涙を流しながら、身悶えしてベーコンを貪っている。

ベーコンひとつでこれほど感動できるなんて、なんだか羨ましい。

「わあ、美味しいですね、これ！」

フォークで上品にベーコンを口に運び、カーナさんも感嘆の声を漏らした。

醤油の味も問題なかったようだ。

「ベーコンって、あっちの世界にはないんですか？」

「ありますよ。エルフさんたちがたまに持って来てくれます。でも、こんなにまろやかな味ではないですね」

「ああ、そっか。加工方法が違いますもんね」

ゴミ箱に捨てたベーコンの袋を引っ張り出し、裏面を確認する。

塩のほかに、還元水あめ、卵たん白など、いろいろなものが原材料として表記されていた。

「こんなに美味しく作れるなんて……コウジ様、作り方を教えてはいただけませんか？」

「作り方ですか。ネットで……いや、本の方がいいか。ご飯を食べ終わったら、作り方が載っている本を買いに行ってきますよ」

「本屋さんですか！　こちらの世界の本が、たくさん売っているんですよね⁉」

カーナさんが少し身を乗り出して、キラキラとした目を向けてくる。

「そ、そうですね。たくさんあります」

「大きなお店なのですか⁉」

「え、ええ。何十万冊も売っているようなお店で……」

「何十万冊も⁉　きっとすごい光景なのでしょうね！」

じっと訴えかけるような視線を向けてくるカーナさん。

うん、そうだよね。

連れて行ってほしいよね。

でも、カーナさん、人魚なんだよね……。

「コウジさん、ショッピングモールなら、レンタルの車椅子があるはずです。それに乗ってもらえばいいと思うですよ」

俺が脂汗をかいていると、ノルンちゃんがもっちゃもっちゃとご飯粒を咀嚼しながら、話に入ってきた。

ノルンちゃんサイズだと、お米一粒が消しゴムくらいの大きさに見えていそうだ。

「え、でも、カーナさんのそれどうすんの？　思いっ切り魚の尾っぽじゃん」

「ブランケットでもかけておけばいいんです。ばれやしないですよ」

「えー……」

「大丈夫ですって。なんなら、ベッドのシーツでも巻いておけばいいのですよ。『その足、なんでそんなものを巻いてるんですか？』なんて聞いてくる人、いると思いますか？」

「いや……いないだろうな」

俺が答えると、カーナさんはちゃぶ台に手をついてさらに身を乗り出した。

びちびち、と尾っぽがせわしなく動く。

「連れて行っていただけるのですか⁉」

「は、はい。いいですよ」

「やった！　ありがとうございますー！」

大喜びで万歳するカーナさん。

笑顔がまぶしいくらいに美しい。

耳のところにある頬エラは、夏だけど耳当てを着けて隠してもらおう。

上着は俺のＴシャツに着替えてもらうか。


食後、カーナさんを助手席に乗せ、俺はショッピングモールへと車を走らせていた。

尾っぽにシーツを巻いたカーナさんをおんぶして車まで運んだのだが、予想外に重くてかなり苦労した。

「はわわ、すごいですね！　びゅんびゅんですね！」

全開にした窓枠を両手で掴み、外を眺めるカーナさん。

実に楽しそうだ。

頬エラが日光を反射して、キラキラと美しく輝いている。

「コウジさん、なにか音楽をかけるですよ！　アップテンポなやつで！」

俺の肩に乗っているノルンちゃんが、ぺしぺしと俺の頬を叩く。

「おうよ。カーナさん、窓を閉めますよ」

「はい！」

信号で止まったところで、カーナビのモニターを操作して音楽を再生した。

数年前に流行った、お気に入りのポップな曲だ。

同時に、ノルンちゃんがその場で踊り出した。

「うぉうおうおー！　うぉうおうおー！」

「ちょ、危ないからそんなとこで踊るな！」

「バランス感覚には自信があるので大丈夫です。落ちません！」

「そうじゃなくて、こそばゆくて運転が危なくなるの！　踊るのやめて！」

「うわー、音楽まで出せるんですか！　うわー、すごいですねー！」

わいわいと騒ぎながら、ショッピングモールに到着した。

開店とほぼ同時に到着できたので、入口からかなり近い場所に車を停められた。

さっそく買い物カゴ付きの車椅子を借りてきて、カーナさんに乗ってもらう。

ノルンちゃんは、カーナさんの膝の上だ。

人がいるところでは動かないから大丈夫と言っていたが、どこまで我慢できるだろうか。

「おおー！」

正面玄関の自動ドアをくぐった瞬間、カーナさんが感嘆の声を上げた。

このショッピングモールは三階建てで上に屋上があり、中央が吹き抜けになっている。

天候関係なしで楽しめる、巨大商業施設だ。

「す、すんごいです……はー、すんごいですね……」

カーナさんは驚きのあまり、あんぐりと口を開けて「すごい」を連呼している。

自分が初めてここのような大型施設に行ったときも、同じ反応をしていたなと懐かしさを覚えた。

「コウジさん、そこの輸入食料品屋さんに入るですよ！　無料でコーヒーが貰えるのです！」

カーナさんの膝の上から、ノルンちゃんが小声で俺に提案してくる。

「はいよ。って、ノルンちゃんよく知ってるな」

「コウジさんがここでコーヒーを貰って飲んでいるのを、天界から見ていましたので。いいなー、っていつも思っていたですよ」

車椅子を押し、店に入る。

店の入口でコーヒーを配っていたお姉さんから、コーヒーを二杯貰った。

その間、ノルンちゃんはぴたりと動きを止め、人形に徹していた。

「いい香りですね……あちち」

ふうふう、とカーナさんはコーヒーを冷ましている。

「かなり熱いですから、火傷しないように気を付けてくださいね。あと、結構苦いんで、びっくりしないように」

「カーナさん、冷めたら私にも飲ませてくださいませ！」

コーヒーを飲みながら、のんびりと店内を散策する。

カーナさんは置いてある商品を次々と手に取っては、俺にあれこれと質問してきた。

一緒に置かれている商品説明のプラカードの文字は読めるようで、普通に読み上げていた。

漢字もひらがなもカタカナも、問題なく読めるらしい。

「いろいろな産地のベーコンがあるんですね。皆、味が違うのでしょうか？」

「うーん、どうなんだろ。食べ比べとかしたことないから、ちょっとわからないですね」

「コウジさん、このドイツ産の塩漬けベーコンがいいです！　夕飯はベーコンステーキで！」

「あいよ。せっかくだし、いくつか買って行ってみるか」

陳列されている厚切りベーコンを、適当にカゴへと放り込む。

カーナさんは真空パックされた商品が珍しいとみえて、「おー」と声を上げながら、こねくり回していた。

「カーナさん、ほかになにか気になるものとかあります？」

「気になるものですか。どれも珍しくて、気になるものだらけなんですが……」

「コウジさん！　私、缶詰というものを食べてみたいです！　それとか！」

ノルンちゃんが『粗挽きミートソース』の缶詰を指さす。

「あれはパスタソースの缶詰だな。明日の夕飯はパスタにするかい？」

「パスタ⁉　あの、コストパフォーマンスと食べたあとの満足度が非常に高いという、人類の救世主たる食べ物ですね⁉」

「大げさにもほどがある表現だが、なんだか可愛いからたくさん買って行ってあげよう」

「はうう。コウジさん、大好きですううう！」

ノルンちゃんのラブコールを受けながら、種類の違うパスタソースの缶詰をいくつかカゴに入れた。

せっかくなので、乾燥パスタも二キロ買って行くことにした。

「カーナさんも、遠慮せずになんでも言ってください」

「え、えっと、それじゃあ……そこのチョコレートっていうお菓子がいいです！」

「お、いいところに目を付けましたね。これは美味しいですよ」

「コウジさん！　ポテチ！　ポテチも食べてみたいです！」

「よしよし、こうなったら、山ほどお菓子を買って行くか！」

「やったー！」

そのあとも皆で楽しく買い物をし、カゴいっぱいに商品を購入した。

食料品店を出た俺たちは、荷物をコインロッカーに預け、モール内にあるアウトドアショップへとやってきた。

理想郷では長旅も予想されるので、それに備えようというわけだ。

「アウトドア用品ですか。確かに、必要になるかもしれないですね！」

「うん。あちこち旅することになるみたいだし、こういう道具がないと野宿もできないからね」

店内をうろつき、テントが置かれているコーナーへとやってきた。

いろいろな種類のテントが展示されていて、ワンタッチで開くものから骨組みを自分で組み立てるものまで、さまざまだ。

「ワンタッチで定員四人、一・五キロの超軽量型か。うーん、どうしよ……」

「す、すごいですね。こんな道具があるんですか……」

カーナさんが、感心した様子でテントの説明書きを読んでいる。

「コウジさん、蔓で作った小屋程度でよろしければ、私がすぐに作れますよ」

「あ、その手があったか。雨が降ったときとかでも大丈夫かな？」

「はい！　蔓で布状の天井を作りますので、雨も虫も入って来ません。通気性も抜群です！」

ノルンちゃんと一緒にいる限り、野宿でも快適に寝泊まりできそうだ。

となると、あと必要なのは調理道具や着火道具だ。

「そうしたら、あと必要なのはフライパンとか着火剤かな。灯りは俺が光の玉を出せばいいし」

「そうですね。毛布代わりのものも、私が蔓で作ることができるので必要ないですよ。その分、食べ物をたくさん持っていくですよ」

「携行食ってやつか。どんなものがいいのかな」

「とりあえずは、パウチに入ったレトルト系がいいかと。ゴミもまとめやすいですし、調理も簡単です。それと、塩やコショウも一ビンずつ欲しいですね！」

そんなことを話しながら、ジッポライター、たき火グリル、紙皿や割り箸といった、これは使うだろうと思うものを見繕った。

リュックサックもふたつ購入し、荷物は俺とノルンちゃんでふたつに分けて運ぶ予定だ。

この分なら、水や食糧をたっぷり持って行くことができるだろう。

買い物中、あれこれ相談しながら品物を選ぶのが楽しくて、俺はかなりテンションが上がってしまった。

第二章　エルフさんに会いに行こう

「宇宙人、すごかったですね！　自動車サイズの巨大スズメバチが十万匹も宇宙船から出て来たときは、もうダメかと思いました！」

映画館で買ったスズメバチキーホルダーを手に、カーナさんが興奮した様子で言う。

彼女はお店で買った小洒落たサマードレス姿になっていて、その美しさに拍車がかかっていた。

今は帰りの車中で、外は完全に日が落ちて真っ暗だ。

ゲームセンターでクレーンゲームをしたり、映画館で映画（宇宙人が侵略してくる系のやつ）を観たりと、夜になるまで一日中遊び倒した。

今日一日で五万円くらい使った気がするが、あれだけ楽しめたのだからよしとしよう。

「すごかったですねー！　でもまさか、人類側がスズメバチ駆除スプレー砲をヘリコプターに装備させて対抗するとは思わなかったですよ。映画の最後、なんでスプレーの噴射で宇宙船が爆発したんでしょうね？」

「ノルンちゃん、深く考えちゃいけない。大切なのは勢いなんだ。宇宙船がスプレーで爆発したなんて、些細なことなんだ」

「そうですね！　考えたら負けですね！　楽しかったからいいのです！」

一日の余韻を噛み締めるように騒ぎながら、俺たちはアパートへと帰宅した。

カーナさんを部屋まで運び、大量に買ったお菓子や携行食、鍋やたき火グリルも部屋に運び込む。

もちろん、ベーコンの作り方の本も忘れずに購入してきた。

「はー、楽しかったけど、ちょっと疲れたな。さて、ベーコンステーキを作るか」

「コウジ様、私も手伝います」

ちゃぶ台の上に置いたビニール袋を、カーナさんが漁る。

「そういえば、グリードテラスの肉を塩漬けにするって、ほかの人魚さんが言ってたっけ。向こうに戻ったら、あの肉でベーコンを作ってみるか」

部屋の隅に置かれた、『理想郷』へと目を向ける。

いつもと変わらない、青い海と緑の大地。その上をゆっくりと進む白い雲が見て取れた。

薄らと光り輝いて見えるということは、向こうの世界はいまだに昼間なのだろうか。

「そうですね！　コウジ様が眠りにつくと、あちらの世界に戻れるんですよね？」

「たぶんそうかと。だよね、ノルンちゃん？」

ちゃぶ台の上で、チョコレートの包み紙と格闘しているノルンちゃんに声をかける。

「んぎぎ……あ、はい！　眠りについた瞬間、身体ごとあちらに自動転送されるですよ」

「転送される場所って、こっちに戻って来る前にいたところ？」

「そのはずです。いろいろと想定外の出来事が起きていますので、確実にとは言い切れませんが」

「ああ、そっか。下手したら、全然違う場所に転送されちゃう可能性もあるわけだ」

理想郷の前に行き、中を覗き込む。

朝に見たものと同じ、ミニチュアサイズの世界が広がっている。

「あれ？　これってルールンの街じゃないか？」

ドームの中心地点に、親指ほどの大きさの黒い物体が落ちている海辺の街を見つけた。

それは街のど真ん中に鎮座していて、周囲の建物は軒並み崩れ落ちているように見える。

今朝はちらっとしか見ていなかったので、まったく気付かなかった。

「寝なくても、自由に好きな場所へ行き来できたらいいのにな。気軽にいろんなところを旅行できて楽しそうだしさ」

そう言いながら、俺はドームの表面に手を触れた。

その瞬間、ドームが激しく発光した。

「「「えっ⁉」」」

全員が声を上げた瞬間、ずぽっ、と俺の手が薄膜の中に吸い込まれた。

ずるる、とそのまま肩口まで一気に飲み込まれる。

「うおおおっ⁉　なんじゃこりゃあああ⁉」

「コウジ様！」

「わわっ！　カーナさん、私も連れて行ってください！」

カーナさんが俺に駆け（？）寄って手を掴み、ノルンちゃんがカーナさんの服に飛びついた。

それと同時に、俺は理想郷の中へと飲み込まれた。

ガシャアアアン！

「あちちちち⁉」

「へぶっ！」

「いったぁ⁉」

「うわっ⁉　だ、大丈夫か⁉　水！　水をかけろ！」

ばしゃっと冷たいものを浴びせかけられ、俺は息も絶え絶えになりながら目を開く。

何人もの人魚さんたちが、心配そうに俺を見下ろしていた。

傍らには大鍋が転がっていて、どうやら俺はお湯が入った鍋の上に落っこちたようだ。

どういうわけか靴を履いているのだが、いつの間に履かされたのだろうか。

「い、いってぇ……寝てないのに戻って来ちゃったのか」

身体を起こし、呻き声のする背後に目を向ける。

うずくまって鼻を押さえているノルンちゃんと、数人の人魚さんたちと一緒に地面に転げているカーナさんがいた。

「ふたりとも、大丈夫？」

「うう、また鼻血が出ました……」

「わ、私はなんとか……」

どうやら、俺たちは地上数メートルくらいの空中に突然現れたようだった。

人魚さんたちはグリードテラスの肉を保存食にしようと、塩茹でやら燻製やらの準備をしていたらしい。

鍋は火にかけ始めたところで、全身に熱湯を被る羽目にならなくて本当によかった。

「あ、コウジさん。あっちに買った品物が落ちてるですよ。リュックやお鍋もあります」

少し離れた場所に、複数のレジ袋や調理道具が転がっていた。

レジ袋は中身が盛大にぶちまけられており、そこら中にレトルト食品やら乾燥パスタやらが散乱している。

「うわ、ほんとだ。ずいぶんあるな。一緒に吸い込まれたのかな？」

「コウジさん、お夕飯を食べそこなっちゃって、お腹が空きました！　なにか作ってください！」

「あー、そういえばそうだったなぁ。すみません、水のある場所を教えてもらえます？」

「コウジ様、私も手伝いますので」

とりあえずは腹ごしらえだということで、パスタの調理に取りかかることになった。


「食べる手が止まらないですううう！　美味しすぎますううう！　うあああああ！」

ノルンちゃんが感涙に咽びながら、瓦礫に座ってミートソースパスタをすごい勢いで食べている。

ここまで喜んでくれると、作りがいがあるというものだ。

茹でたパスタにレトルトのミートソースをかけただけだけど。

「はあ、それにしても、本当に大きいですね……」

カーナさんがパスタを食べながら、横たわっているグリードテラスを見やる。

人魚さんたちが手分けして、グリードテラスの肉を切り取っている様子が遠目に見えた。

本当に、とんでもない大きさだ。

「あれが腐る前に、皆で引っ越しの準備をした方がいいですよ。ここら一帯、虫やら臭いやらで大変なことになると思うんで」

「そうですよね。どこか、いい場所があればいいのですが……」

俺の意見に、カーナさんが唸る。

「引っ越し、俺たちも手伝いますね。な、ノルンちゃん？」

「はい！　エルフの里の件もありますけど、引っ越しとどちらを優先しますか？」

「あ、そうか。そっちも調べないとだったな」

ある日突然、ぱったりと交易にやってこなくなってしまった山里のエルフたち。

そちらもこの世界のバグが関係しているかもしれないので、放置するわけにはいかない。

「カーナさん、エルフの里って、ここから歩いてどれくらいかかるかわかります？」

「エルフさんたちは『のんびり歩いても半日もかからない』って言ってましたね。里までは道がつながっていますから、迷うこともないと思います」

半日もかからない程度だと、様子を見て来るだけならば、明日の昼には帰って来られるかもしれない。

引っ越し先の選定にも何日かはかかるだろうし、先に調査に向かっても大丈夫だろう。

「それじゃ、先にそっちを見て来ますね」

「コウジさん、パスタをお代わりしてもいいですか？」

「え、まだ食べるの？　何束茹でる？」

「あと三束お願いします！」

「マジか。すごい胃袋してるな。食べたら出発したいんだけど、大丈夫？」

「大丈夫です！　食後のいい運動なのですよ！」

そんなこんなで、俺とノルンちゃんはエルフの里へと向かうことになったのだった。

「はー、森は最高ですね！　こう、生きてるって実感が湧いてきますね！」

俺と並んで歩きながら、ノルンちゃんが上機嫌な声を響かせる。

ふたりともリュックを背負い、まるで登山者だ。

「さっきから、えらく機嫌がいいね」

「はい！　草木に囲まれていると、気分爽快で最高なのです！」

くるくる、とノルンちゃんはその場で回ってみせる。

スカートがひらりと舞い、実に可愛らしい。

「とっつげき　とっつげき　やーりをーもてー　てーきを　ほーふれーや　てーんしーぐんー」

「なんだい、その歌は？」

「天界の童謡です。ハイキングのときに歌うですよ」

「天界でもハイキングとかするんだ……」

「一応、山も海もありますからね。山登りといったらこの歌なのですよ」

なんだか、話を聞けば聞くほど天界のイメージが崩れていく。

つい二日前までは、雲の上で天使たちがアハハウフフと漂っているイメージしか持っていなかった。

山も海もあるのなら、地上と大して変わらないんじゃないだろうか。

「しょーうりーの　はーたーを　うーちたーてろー」

「それ、本当に童謡なの？　軍歌の間違いじゃない？」

「そんなこと言われても。学校の授業でハイキングに行くときは、必ずこれを歌わされたんですよ」

「天界にも学校があるの⁉」

「小学校から大学までありますよ。全部エスカレーター式で、一校のみですけど。学校の建物自体が、東京の千代田区と同じくらいの大きさです」

「て、天界のイメージがどんどん変わっていくわ……」

「私は救済担当官なのですが、これも一応資格制です。試験が引っかけ問題ばっかりで、本当にしんどかったですよ」

「自動車の運転免許試験みたいな話だ」

そんな話をしながら、森の小道をのんびり進む。

森はとても静かで、時折小鳥がさえずる声が聞こえてくるだけだ。

木々がうっそうとしていて、日の光があまり届かず、やや薄暗い。

「へー、ノルンちゃんが救済担当官になって、初めて担当したのが俺だったのか」

「はい。なので、実はかなり気合が入っているんですよ！　絶対に、コウジさんを幸せにしてみせるのです！」

「そ、そっか。ぜひお願い……ん？」

「あ、誰かいますね」

道の先に、こちらに背を向けている金髪ロングの女性がいた。

髪から飛び出た耳は、ピンと尖っている。

エルフだろうか。

「……なにをしてるんですかね？」

「なにか探し物かな？　地面を見てるみたいだけど」

女性は俯（うつむ）いたまま、じっと足元に目を向けている様子だ。

いぶかしみながらも、俺たちは歩いてその女性に近づく。

「あの、すみません。俺たち、エルフの里に行きた――」

俺が言いかけたとき、ばっと、その女性が振り返った。

目と鼻と口から、シメジのような白いキノコがびっしり生えていた。

「オゴアアアア!!」

「うおおおああ!?　なんじゃありゃあああ!?」

「すっごい怖い！　すっごい怖いですよおおお!?」

怖気（おぞけ）の走る叫び声を上げ、腕をめちゃくちゃに振り回しながら迫るエルフ。

俺たちは全速力で逃げているのだが、いかんせん背負っている荷物が重すぎて、引き離すどころか追いつかれそうだ。

欲張って、こんなに食糧（十八食分×二名分）や水（二リットルペットボトル×六本）を持って来るんじゃなかった。

「ノルンちゃん！　魔法！　魔法を使って！」

「あれは魔法じゃなくて神の奇跡です！」

「どうでもいいから使ってよ！」

ノルンちゃんは振り向きざま、腕を蔓に変異させてエルフの足元に伸ばした。

ぎゅるん、と蔓が足に絡まり、エルフが転倒した。

「はあ、はあ……うへ、ぴちぴちしてる。ノルンちゃん、全身搦め捕って動けないようにして」

「うう、やるんですかぁ？　気持ち悪いです……」

しゅるしゅるとエルフの全身に蔓が絡まり、動きを封じる。

エルフはなんとか脱出しようと、もぞもぞともがいている。

「な、なにこれ。小さな白いキノコが、目とか口からもっさり出てるんだけど」

「あわわわ、コウジさん。うぞうぞ動いてて、すっごく気持ち悪いです。放したいんですけど」

「その蔓だけ切り離せないの？」

「できますけど、もともと自分の身体なので、切り離すとすごく消耗するんですよ。しかも、切るときはかなり痛いですし。蔓じゃなくて、種を飛ばして倒せばよかったです……」

「うーん、そっか。じゃあ、そこらへんの蔓を取ってきて、木に縛り付けよう。ちょっと待ってて」

「早めにお願いしますー」

俺は近くにあった蔓植物を引き抜いてきて、ノルンちゃんと協力してエルフを木に縛り付けた。

エルフは奇声を上げながら、ぶんぶんと頭を振って暴れている。

どう見ても、正気ではない。

「……これ、耳が尖ってるし、やっぱりエルフだよな。キノコに寄生されてるのかね?」

「ホラー映画とかで、こういうシチュエーションありますよね。菌糸が脳みそにまとわりついて操っているとか、そんな感じのが」

蔓を引き戻して手に変異させながら、ノルンちゃんが言う。

「女神様も映画を観るんだ」

「天界からだと、下界の映画は観放題ですからね。映画館も覗き放題です。最近はゾンビものが流行ってますね」

「なにか、違法視聴みたいですごく聞こえが悪いな……あ、そうだ。この人、奇跡の光で治らないかな?」

「そうですね。やってみるですよ。もしかしたら治るかもしれないです」

「よしきた」

前方二メートルくらいの距離を意識して、光の玉を取り出した。

ぽうっと、眩い光がエルフを照らす。

「オゴアアア!!」

「うお⁉　なにかすごい暴れ始めたぞ⁉」

「わわっ⁉　コウジさん、光を引っ込めるですよ！　蔓が引きちぎられそうです！」

突然、エルフが大暴れを始め、ぶちぶちと蔓を引きちぎり始めた。

ノルンちゃんが慌てて蔓を伸ばし、エルフを木に縛り付ける。

俺が光を引っ込めると、エルフの動きが鈍くなった。

「これ、光に反応するみたいだな……」

「そうですね。奇跡の光ではどうにもならないみたいです」

そのまましばらく観察していたのだが、木の枝を箸のように使ってキノコを抜いても即座に生えてくるわ、あんまり近寄るとキノコだらけの口で噛み付いてこようとするわで散々だった。

どうにもならないので、再び蔓を取ってきてエルフを縛り直し、先に進むことにした。

周囲を警戒しながら、森の奥へと歩を進める。

進むにつれて木々はいっそう生い茂り、辺りはどんどん薄暗くなっていく。

「……あのさ、すごく嫌なこと言っていい？」

「なんです？」

「もしかして、エルフの里の人たちって、全員さっきの奴みたいになってるんじゃない？」

「ホラー映画ならそういう展開ですね。そして今が襲われるタイミングですね」

ノルンちゃんはそう言うと、ぴたりと足を止めた。

「ん？　どうしたの？」

「静かに……そこですっ！」

ノルンちゃんがひゅばっと頭上に蔓を伸ばすと、一拍置いて、どすんどすんとなにかが落ちてきた。

全身を蔓で拘束された金髪エルフがふたり、地面にうつ伏せになっている。

若い男女のようだ。

「ふふふ、森での戦いで私に勝とうなんて十年早いのです！」

「あ、あの！」

えっ、と俺が顔を向けると、怯えた表情の若いエルフの女性と目が合った。

「はあ、なるほど。ご夫婦で木の上に避難していたんですか」

「もぐもぐ……はい。下に降りるとすぐに奴らが集まってくるので、どうにもならなくて、もぐもぐ」

一口羊羹を咀嚼しながら、エルフの女性が話す。

男性も、貪るようにしてエネルギーバーと羊羹を頬張っている。

よほどお腹が空いていたようだ。

このふたりは新婚さんらしい。

「食べ物も飲み物もないし、もうダメかと思いました。本当に助かりました」

「ずっと木の上にいたんですもんね。よく今まで無事でしたね……はい、水です。フタは左に捻れば開きますから」

「すみません……おおっ」

パキッ、とペットボトルのフタを開け、エルフの女性が口を付ける。

ふたりはここ二週間ほど、木の上で葉っぱと木の皮を齧り、魔法で出した水を飲んで生き延びていたらしい。

奥さんはほんの少しだけ魔法が使えるそうで、そのおかげで助かったとのことだ。

魔法は体力と精神力を代償に行使するもので、あまりたくさん水を出すことはできなかったとのことだが、生き延びる程度には使えたようだ。

とはいえ、二週間も木の上で、よく生きていられたなと感心してしまう。

「今朝からは一体も見かけなかったんで、木から降りようかって話し合っていたんです。昨日まで三体うろついていたんですが……襲われませんでしたか？」

「三体？　さっき襲われましたけど、一体だけでしたね。近くにあと二体いるかもしれないのか……」

周囲を見渡してみるが、人影は見当たらない。

どこか別の場所に移動したのだろうか。

「あれって、キノコに身体を乗っ取られてるんですかね？　正気を失ってるように見えましたけど」

「あれは感染症だ。間違いない」

エネルギーバーを齧っていた旦那さんが、深刻そうな顔で言う。

「俺たちが仲間たちと一緒に、森で狩りをしていたとき、顔中キノコだらけにして倒れてる奴を見つけたんだ。助けようとして、仲間のひとりがそいつを抱き起こしたんだが……」

旦那さんはそこまで言うと、つらそうに首を振った。

代わりに、奥さんが口を開く。

「助けようとした人が急に咳き込んで、白いキノコをぼろぼろ吐き出し始めたんです。それで、倒れたと思ったらすぐに起き上がって、ほかの仲間に飛びかかって……私たちは慌てて里に逃げ戻ったんですが、里もほかの感染者に襲われているところでした」

「ええ……ものの数秒で感染って……」

噛み付かれるどころか、触って数秒で感染&発症とは、下手なゾンビ映画よりたちが悪い。

触ることもできないのに、どうやって対処すれば――。

「……あの、今、触ったら即座に感染するって言いました？」

「ああ。少しでも肌に触れたら、もうダメだ」

ぎぎぎ、と俺は隣にいるノルンちゃんに顔を向けた。

彼女は顔をだらんと下に向け、ゆらゆらと前後に揺れている。

「ノ、ノルンちゃ――」

「アアアアア！」

「「ぎゃあああ⁉」」

「なんちゃって！　……あいたっ!?」

すぱーん、とノルンちゃんの頭を思い切り引っ叩いた。

生まれて初めて女の子に手を上げたぞ、俺。

「不謹慎にもほどがあるわ！　ていうか、さっきノルンちゃんは感染者に触ってたよね？　なんで感染しないの？」

「いたた……私は植物系の女神なので、毒とかは一切効かないんですよ。どんな毒でも、数秒で完全に解毒できます」

「マジか。切断した手足は再生するわ、毒は無効だわ、ほぼ無敵じゃんか」

「一応、これでも女神ですからね！」

「め、女神様？」

俺たちのやり取りを見て、エルフ夫妻が目を丸くしている。

「え、えっと、いろいろとありまして……それで、ほかに生存者というか、感染していない人はいないんですか？」

「わからない。いるとしたら、俺たちみたいに木の上に隠れているだろうな。もしくは、なんとか逃げ切って森の外へ出られたか」

「なるほど……ノルンちゃん、もし感染者の集団に襲われたとして、ノルンちゃんなら対処できる？」

「できると思いますよ。全員、蔓で縛り上げちゃえばいいんですよね？」

ノルンちゃんが人さし指をかざし、しゅるしゅると蔓に変異させてみせる。

「そうそう。片っ端から捕まえて、そのあとで治療方法を探すっていうのはどうかな。もしかしたら治るかもしれないし」

「そうですね、それがよさそうです」

「おお、助けてくれるのか！　ありがとう、恩に着るよ！」

旦那さんが、両手で俺の手を握って頭を下げる。

「そうだ、ひとつ注意しなけりゃならんことがある。感染者は、光に強く反応するんだ。もし夜になっても、火を焚いたら絶対にダメだ」

「強い光を浴びると、ものすごく活発化するみたいなんです。信じられないくらいの速さで走ったり跳んだりするので、気を付けてください」

「あー、だからさっき……」

「大丈夫ですよ！　私にお任せなのです！」

顔を引きつらせる俺の肩を、ノルンちゃんがぽんぽんと叩く。

「コウジさんは、彼らと一緒に港町に戻っていてください。私が行って、全員捕まえて来ますので」

「あ、いやいや、俺も一緒に行くよ。ノルンちゃん、ああいうの苦手なんだろ？　さっき気持ち悪いって言ってたし」

「いえ、大丈夫です！　コウジさんのために頑張るですよ！」

両手を胸の前で握り、気合を入れる仕草をするノルンちゃん。

じゃあお願いします、などと言えるはずもない。

「なら、一緒に頑張ろうよ。俺がいても役に立たないだろうけどさ」

「いいえ、そんなことは……それに、結構危ないと思うですよ。怪我をしたら大変なのです」

「怪我したって、少し経てば治るから大丈夫だよ。それに、あんな気持ち悪いのがうじゃうじゃいる場所に、女の子をひとりで行かせるのは男としてどうかと思うし。一緒に行こうよ」

「うっわ、きゅんきゅんしました！　コウジさん、ほんとに童貞なんですか⁉　前から思ってましたけど、結構いい感じですよ！」

ノルンちゃんが顔を赤くして、俺の腕に飛びついてくる。

「ど、どうてい？」

奥さんが、俺に怪訝な顔を向けた。

「いいじゃん！　童貞だっていいじゃん！　なにかキミらに迷惑かけたかよ⁉」

「えっ⁉　そ、その、『どうてい』ってなんのことですか？」

「アイナ、もうやめろ。そして彼に謝れ」

「え？　ご、ごめんなさい」

旦那さんのドスの利いたお叱りを受け、アイナと呼ばれたエルフの奥さんが、半泣きの俺に頭を下げた。

ノルンちゃんは気まずそうに押し黙り、俺は静かに涙を流した。

「誰もいませんね……」

薄暗い森の小道を歩きながら、ノルンちゃんが辺りを見渡す。

エルフ夫妻と別れてから、生存者どころか感染者とも遭遇しない。

昨日までこの辺りにいたふたりの感染者は、どこへ行ったのだろうか。

「森って広いし、別の場所に移動したのかもね」

「そうかもしれませんね……あっ！　あそこが里じゃないですか？　行ってみましょう！」

道の先に開けた場所を見つけ、ノルンちゃんが駆け出した。

俺も走って追いかける。

森の切れ目に到達し、ノルンちゃんが足を止めた。

「わあ……綺麗なところですね……」

「おお、すげえ……」

開けた場所は、土レンガ作りのモダンな建物が並ぶ集落になっていた。

さまざまな野菜やハーブの畑があちこちにあり、集落の中央には細い川が流れている。

家々をつなぐ道の脇には色とりどりの花が咲き乱れ、美しいを通り越して幻想的ですらあった。

「……ん？　歌？」

しばらくその光景に見惚れていると、どこからか微かに歌が聞こえてくることに気が付いた。

とても小さな、物悲しげな歌声だ。

「コウジさん、あっちから聞こえるみたいです」

「行ってみようか。感染者がいるかもしれないから、用心して行こう」

「了解であります！」

周囲を警戒しながら、ゆっくりと道を進んでいく。

ふと、なにかが横たわっていることに気が付いた。

「……死体だ」

「干からびてますね……」

道の脇の花の絨毯に寝転ぶようにして、干からびたエルフの死体がふたつあった。

周囲をよく見てみると、同じような死体がたくさん横たわっていた。

どの死体も、目や口の周囲には、乾いたキノコが大量に散らばっていた。

「あの家の裏か」

歌声に導かれ、一軒の大きな家の裏手に回った。

白髪のエルフの少女が、木陰のベンチに座って俯いていた。

可愛らしい白のワンピースを着ている。

この歌声は、彼女のもののようだ。

彼女から数メートルの位置で、俺たちは足を止めた。

「……もしもし、お嬢さん？」

ぴたりと、少女が歌をやめた。

顔を上げ、俺たちを見る。

真っ白なセミロングが似合う、十五歳くらいの可愛らしい女の子だ。

目にも口にも、キノコは生えていない。

「……誰？」

「おお、生存者だ」

「これで三人目ですね」

ほっとして、彼女に近づく。

こんな死体だらけの場所にひとりきりで、今までよく無事だったものだ。

「俺たちは、おかしくなった人たちを捕まえて治療をするためにここまで来たんだ。キミのほかに、誰か無事な人は見なかったかい？」

「……わからない。もう何日も前から、ここには私しかいないの」

「何日も？　顔からキノコを生やした人に襲われませんでした？」

不思議そうに、ノルンちゃんが問いかける。

「……いろんな人が追いかけられているのは見たわ。私の前は素通りして行ったけれど」

「素通り？　隠れてたとかじゃなくて？」

「うん。皆、私が見えていないみたいに素通りしていった。襲われて倒れた人を助けようともしたんだけど、皆すぐに起き上がってどこかへ歩いて行っちゃったの」

少女の話に、俺たちは顔を見合わせた。

「……ノルンちゃん、もしかしてこの娘って」

「免疫を持っているのかもしれないですね！　映画でよくある展開ですよ！　この娘の血液から、お薬が作れるかもしれないです！」

「お薬？」

小首を傾げる少女に、俺は歩み寄る。

「うん。キミの血を使って、病気の人たちを治す薬が作れるかも……って、薬なんてどうやって作るんだ？」

「この娘の血液を少しだけもらって、それを私が体内で調整して種化したものを植えるですよ。実が生って、それを食べると一時的に力を取り込むことができます。感染している人たちも治ると思います」

「マジか。ノルンちゃんって本当になんでもできるんだな。でも、種から育てるとなると、かなり時間がかかるんじゃない？」

「あ、それは大丈夫です。私がそばで見守っていれば、一日で収穫できるくらいに育ちますので」

「一日⁉　それ、なんでも育てられるの⁉」

「はい、私が生み出した種からでしたら、バナナでもダイコンでも小麦でも、なんでも一日で育てられます。地球に存在する植物でしたら、どんな種でも生み出せますよ！」

ドヤッ、とノルンちゃんが胸を張る。

無から種を生み出せるとは、さすが栽培の女神だ。

「とりあえず、彼女を連れて港町まで引き返しませんか？　あっちで実を作ってから、また出直す

「灯りを出すわけにもいかないから、戻るというのはどうでしょう」

「そうだな。あんまり長居すると夜になっちゃいそうだし、戻るとするか」

太陽は少し傾いてきており、あと数時間もすれば夜になってしまうだろう。

感染者が潜む真っ暗な森の中でキャンプというのは、正直勘弁願いたい。

そんな話をしていたら、少女が青い顔をして震えていることに気が付いた。

今になって、恐怖が襲ってきたのだろうか。

「大丈夫だよ。俺たちがきっと、全部解決してみせる。さあ、一緒に行こう」

「……」

俺が少女の手を掴んで立ち上がらせると、彼女は怪訝そうな顔になった。

「どうかした？」

「……ううん。なんでもない」

「よし、行こう」

少女を連れて、俺たちはエルフの里をあとにした。

「ノルンちゃん、後ろ！　最後の一匹だ！」

「はいなっ！」

ノルンちゃんが蔓を伸ばし、感染者を縛り上げる。

俺は藪の中から蔓植物を引き抜いてきて、直接触れないように注意しながら、拘束した感染者たちを木に縛り付けて回った。

「す、すごい……今のは十人以上いたのに……」

縛り付けられた大量の感染者を前に、少女が唖然とした声を漏らした。

歩きがてら少女に名前を聞いたのだが、「覚えていない」とのことだった。

里での惨劇を目の当たりにしたショックで、記憶が混乱しているのかもしれない。

「ふふん！　私にかかれば、感染者なんて余裕なのです！」

エルフの里を出て、約二時間。

行きと打って変わって、やたらと感染者が襲いかかってきた。

これでもう、六十体は木に縛り付けただろうか。

「ほかにも、こういうことができる人はいるの？」

「ノルンちゃんくらいだろ、こんなことができるのは」

「ふふふ。この世界では、私が最強なのですよ。森の中なら、ほぼ無敵なのです！　大自然万歳なのです！」

しゅるしゅるっと、ノルンちゃんが蔓を手に変異させる。

かなり派手に暴れ回っていたのだが、港町で見たときのような疲れた様子はほとんどない。

「森の中なら？　外だとなにか違うわけ？」

「街なかと違って、森だと植物の力を常に補充できるのですよ。調子のよさは、森だと百パーセント、原っぱだと六十パーセント、街なかだと三十パーセントってところですかね」
「グリードテラスを仕留めたときは三十パーセントだったのか……」

そのまましばらく歩き、港町を望める森の切れ目に到達した。

空は夕焼け色に染まっていて、オレンジ色の光が辺りを照らしている。

「げほっ、げほっ！」

森を出て数分歩いた辺りで、俺は突然肺が締め付けられるように痛くなって、激しく咳き込んだ。

なんだか熱っぽく、身体がだるい。

「コウジさん、風邪ですか？」

「うん、なんか熱っぽい」

「あらら、急に山歩きなんかしたから、疲れが出たんですかね。あっちに戻ったら、お医者さんに行くですよ」

「げほっ、げほっ！　……確かに、社会人になってから全然運動してなかったからなぁ。ノルンちゃんの力でさ、なにかこう、ぱぱっと薬を作ったりはできないの？」

「熱さましのハーブとかなら作れますが、種からなのでギリギリ収穫できるレベルに成長するまで、早くても半日くらいかかりますよ。お医者さんに行って抗生剤を貰って飲んだ方が早いですよ」

「そっか。万能ってわけでもないんだねぇ」

「あ、でも、私の血液をコップ一杯分くらい飲めばすぐに治癒しますよ。飲みます？　たぶん寿命も少し延びますよ」

「う、うーん。それはやめておこうかな……あれ、でも、奇跡の光で治らないのかね、これ」

「そういえばそうですね。あの光さえあれば、風邪なんて引くはずがないのですが」

目の前に出るように念じ、光の玉を取り出してみた。

弱々しい光が、俺たちを照らす。

前に見たときには真っ白な光の玉だったのだが、今は灰色にくすんでいた。

「うあ、重症ですよ、それ。早くお医者さんに行かないと」

「え、マジか。そこまでまだ体調は悪くないんだけど、これから酷くなるのかな?」

「酷いどころか、命に関わるレベルです。急いで現世に戻らないと」

どうやら、この光の玉は俺の健康状態のバロメーターの役割も果たしているらしい。

自動回復を上回る疾病となると、かなり深刻だ。

「でも、どうやったら戻れるのかがわから……げほっ、げほっ！」

「だ、大丈夫ですか⁉　私の手首を切り落としますから、口を付けて直接血を飲んでください！」

「い、いや、少し熱っぽいくらいだから、そこまでしなくてもいいよ。とりあえず、港町まで戻ろう。あと一時間も歩けば着く距離だし」

「わかりました。でも、向こうに着いたら血を飲んでくださいね」

「わかった、飲むから。ただ、手首は切り落とさなくてもいいと思うんだ」

そんな話をしながら歩いていると、数時間前に助けたエルフの夫妻が、道脇の岩に座り込んでいるのを発見した。

向こうも俺たちを見つけ、手を振っている。

「おお、アイナさんたちだ。おーい！　……げほっ、げほっ！」

激しく咳き込むと同時に、ぼろぼろと、白くて細長いものが俺の口からこぼれ落ちた。

「……なんだこれ？　キノコ？」

「なっ⁉　お、おい！　その娘は二カ月前に死んだはずじゃ……」

エルフの旦那さんが叫んだと同時に、少女がノルンちゃんに背後から飛びついた。

「えっ⁉　な、なに――」

振り向こうとしたノルンちゃんの首筋に、ぞぶっ、と音を立てて少女が歯を突き立てた。

ぶちぶちという音を立てて肉が食いちぎられ、ノルンちゃんの白い首から鮮血が吹き上がる。

「あ、あ、あ」

ノルンちゃんはがくがくと震え、首の傷から顔や胸にかけて、どす黒く変色した血管が浮き上がった。

「ノ、ノルンちゃ……げほっ！　がはっ！」

ぼとぼとと、俺の口から大量の白いキノコがこぼれ落ちる。

呼吸困難になりながら顔を上げると、俺の目の前で口を血に染めた少女が涙を流していた。

「もう、ダメ。我慢できない。ごめんなさい」

俺の頬に両手を添え、唇を近づける。

少女の唇と俺の唇が触れ――。

「解毒完了！　ほわあああ!!」

「え!?　っきゃあああ!?」

ノルンちゃんが少女の背後から腰を抱きかかえ、そのままエビぞりしてジャーマン・スープレックスを決めた。

ごん、と音がして少女の後頭部が地面に衝突し、そのまま倒れてピクリとも動かなくなった。

「コウジさんっ！　口を開けてっ！」

「っ！　かはっ！」

返事をしようにも、喉の奥から次々にキノコが湧いて出てきて、満足に息も吸えない。

ノルンちゃんは自分の手首を盛大に噛みちぎると、俺の口にぼたぼたと血液を流し込んだ。

どろりとした感覚とともに、ノルンちゃんの血が俺の喉を通っていく。

「っひゅっ！　げほっ！　げほっ！」

血が喉を通った瞬間にキノコの発生が止まり、俺は胸を掻きむしりながら必死に空気を吸い込んだ。

「コウジさん、よ、よかった……うう……」

血まみれのノルンちゃんが俺に微笑む。

そして、倒れている少女のもとへふらふらと行くと、蔓に変異させた指先を少女の腕に突き刺した。

指を引き抜き、今度は少女の口を開かせて、自らの手首から流れる血を少女に飲ませた。

「おい、大丈夫か！」

エルフの夫妻が、駆け寄ってくる。

ノルンちゃんは切れていない方の手を自分の目の前にかざした。

すると、手のひらの中央がぼこりと膨らみ、ビー玉サイズの黒い種が出現した。

ノルンちゃんはそれを握り締め、再び俺のもとへとふらふらと戻ってきた。

朦朧としている俺を抱き起こし、優しく抱き締める。

「はあ、はあ……こ、ここで私たちは少し休みます。誰かが膜を破らないよう、見張っていてください」

「は？　膜って……な、なに⁉」

ノルンちゃんの頼みに、旦那さんが困惑顔になる。

ノルンちゃんの足が木の根に変異し、地面に突き刺さって根を張った。

髪の毛がものすごい勢いで伸び始め、まるで芋虫の繭のように俺たちを覆っていく。

「ノ、ノル……げほっ！　げほっ！」

「大丈夫です、コウジさんは私が守ります。安心して、今は眠ってくださいね」

だんだんと暗くなっていく視界の中、疲れた顔で微笑むノルンちゃんの言葉を聞きながら、俺は意識を手放した。


はっとして目を覚まし、周囲を見回す。

辺りは薄暗いのだが、なにかがおかしい。

すごく心地いいのだが、身体がふわふわとしていた。

目の前に、ミニチュアサイズのノルンちゃんが浮かんでいる。

どうやら、俺たちはなにかの液体の中にいるようだ。

周囲は膜のようなもので覆われていて、光が透けて見える。

不思議なことに苦しくなく、肺が液体で満たされているはずなのに呼吸もできた。

しばし唖然としながらも、ノルンちゃんに手を伸ばす。

触れても目を閉じたままで、まったく反応しない。

胸は上下しているので、呼吸はしているようだ。

ぷくぷくと、小さな気泡が口から洩れている。

俺は意識を失う前の光景を思い出し、あれかと納得した。

目の前にミニチュアサイズのノルンちゃんがいるということは、現世に戻って来たということか。

「っ⁉」

なんとなく膜に触れた途端、その場所に、ぴしっと縦筋が入って膜が破け、謎の液体ごと俺たちは外に放り出された。

「げほっ、げほっ！」

液体を吐き出しながら、激しくむせかえる。

なんとか落ち着いて目を開くと、びしょびしょになった床が目に入った。

部屋一面、水浸しだ。

「はあ、はあ……マ、マジか。床どうしよう」

「けほっ、けほっ！　あ、コウジさん、お目覚めになられたんですね！」

俺が部屋の惨状に頭を抱えていると、ノルンちゃんが起き上がった。

見たところ傷もなく、元気そうだ。

「眠っている間に現世に戻って来ちゃったんですね。修復が早く済んでよかっ……うひっ⁉」

ノルンちゃんが部屋の隅に目を向けて、引きつった声を漏らした。

俺も、その視線を追う。

白髪セミロングのエルフの少女が、横たわっていた。

「ちょ、ちょ、ちょっと！　さっき噛み付いてきた娘じゃん⁉　ノルンちゃん、早く縛り付けて！」

「こっちの世界じゃ、あんな真似はできないですよ！　体だってミニチュアサイズですし！」

「なんだってー⁉」

「……ん」

俺たちが騒いだせいか、少女が薄らと目を開いた。

もそりと身を起こし、顔を引きつらせている俺たちを交互に見やる。

一拍置いて、周囲をきょろきょろと見回した。

「ここはどこ？」

涼やかな声で、俺に問いかける少女。

襲って来る気配はない。

「さ、さっきまでいたところとは別の世界です」

「……あの世ってこと？」

「い、いや、本当に単なる別の世界。俺たちが原因で、キミを巻き込んで転移しちゃったんだ」

「……そう」

あまり興味がなさそうに、少女が答える。

そして、自分の手のひらに目を落とした。

「……胞子、出ないや」

「……え？」

「変異もできない。あはは、なにもできなくなっちゃった」

「え、どういうこと？」

「私の血が効いたようですね……念のために飲ませておいてよかったです」

ほっと、ノルンちゃんが胸を撫で下ろした。

ノルンちゃんの血を飲んで、俺も感染症は治癒していた。

「……もういいや。私のこと、憎いでしょう？　殺して」

「ちょ、いきなりなにを……」

「さっきのを見たんだから、わかるでしょ？　私が、里の皆を殺したの。私のせいで、皆があんなふうになったの」

「……あなたが、あのキノコの感染源ってことなのですね？」

ノルンちゃんが少女に問いかける。

「そう。全部私が原因。私が、皆を食べちゃったの」

「一から説明してもらえますか？」

ノルンちゃんがうながすと、少女はゆっくりと話し出した。

曰く、彼女は近くに飛ばした胞子を昆虫に寄生させて自分の周りに引き寄せ、養分を吸い取るキノコだったらしい。

それがいつしか知性を持ち、自分の意思で動けるようになったうえに、養分を吸った生き物に変異できるようになったとのこと。

「いろんな生き物の養分を吸いながら、私は森を彷徨った。そのときは、まだ思考なんていえるほど、立派なものは備わっていなかったけど」

そう言って、少女が俯く。

「そんなとき、エルフたちが死んだこの子を埋葬しているところに出くわしたの。すごく美味しそうな匂いがしたのを覚えてる。それで私は、エルフたちがいなくなってから、お墓の上に根を張ったの」

少女が自分の胸に手を当てる。

埋葬されたエルフというのは、今目の前にいる彼女のことなのだろう。

「私はこの子の身体から養分を吸い上げた。その瞬間、この子の記憶も知能も、全部取り込んだの。

なんて美味しいんだろうって思いながら」

「……捕食した相手の記憶を、丸ごと吸収したのですか」

ノルンちゃんが顔をしかめてつぶやく。

「エルフが美味しくて美味しくて、もうほかの虫や獣なんて食べられなくなったわ。でも、この子の記憶が、やめてって叫ぶの。だから、我慢した」

そう言って、自分の膝に目を落とす。

「でも、お腹が空きすぎて、すぐに限界がきた。そのときたまたま近くにエルフがひとり来たから、私はその人に飛びついて養分を吸い取ったの。だけど、全然足りなかった」

俯いた少女が、目を閉じる。

小さく震えているようだった。

「私はこの子に変異して、記憶をたどって里に行ったの。皆、驚いて近寄って来たわ。私がひとりに飛びついて養分を吸ったら、ほかの人たちが慌てて私を押さえ付けようとしたの。でも、皆すぐに咳き込んでばたばたと倒れていった」

「そのときに感染した人たちがほかの人を襲って、どんどん感染が拡大していったというわけですか」

「さっき俺たちがやたらと感染者に襲われたのは、キミが彼らを呼び寄せたってことなのか？」

俺の問いかけに、少女が首を振る。

「違う。私がお腹を空かすと、キノコに寄生された生き物は私に食べられるために集まってくるの。

そうでないときは、獲物を探してあちこちに散らばっていく。私が制御してるわけじゃない」

「つまり、感染の原因はキミだけど、もう自分の意思じゃ止められなかったってこと？」

少女が頷く。

「食べるたびに、その人たちの記憶が私に流れ込んできた。家族や兄妹や恋人を、私は食べ続けたの。遠くに逃げようとして森を出たけど、日の光に当たると余計にお腹が空くし、いくら逃げても追いつかれた。お腹が限界まで空くと私自身も我慢ができなくなって、結局食べちゃうの」

食べれば食べるほど、他者の記憶が流れ込んでくる。

我慢しようとしても、感染者が自分から養分を吸われにやってくる。

しかし、エルフたちの記憶が食べることを拒絶する。

控え目にいっても、地獄のような日々だっただろう。

「もう、どうしようもなくて、ずっとあそこに座ってた。そしたら、あなたたちが来たの。もう、殺されてもいいやって思ってついて行ったんだけど……」

「歩いて空腹になったのと、日の光を浴びたのとで、我慢ができなくなったということですね」

「……うん」

「今は平気なんですか？」

ノルンちゃんの問いかけに、少女が小さく頷く。

「あなたたちを食べたいと思えない。でも、お腹は空いてる」

「……もしかしたら、普通の食べ物も受け付けるようになってるかもしれない。ちょっと待ってて」

冷凍庫からチルドのミートソースパスタを取り出し、レンジでチンした。

皿にあけ、フォークと一緒に彼女に差し出す。

彼女は黙ってそれを受け取り、一口食べた。

「……美味しい」

少女が、ぽろぽろと涙をこぼした。

顔をくしゃくしゃにして、しゃくり上げている。

「ごめんなさい、やっぱり怖い。死にたくない。お願い、殺さないで……」

「……ノルンちゃん」

「なんですか？」

「この娘、ここに置いてあげてもいいかな」

俺が言うと、少女が顔を上げた。

「こんなの、放っておけない。もう感染症を撒き散らすようなことはないみたいだし、助けてあげようよ」

「……はい、いいですよ。コウジさんがそれを望むなら」

呆然と俺を見つめる少女に歩み寄り、俺はしゃがんで目線を合わせた。

「好きなだけ、ここで暮らしていいよ。俺が面倒を見るから、なにも心配しなくていい」

「いい……の？」

「うん。ここで一緒に暮らそう。あ、家事くらいは手伝ってもらうけどね」

「……っ！」

「おわっ！　っとと」

少女が俺に抱きついてきて、胸に顔をこすりつけて大泣きを始めた。

よしよし、と頭を撫でる。

すると、隣からも鼻をすする音が聞こえてきた。

「……え、なんでノルンちゃんまで泣いてるの？」

「ふええ……私、こういうのに弱いんです……」

そのあともしばらくの間、ふたりの泣き声が部屋に響いていた。


ふたりが落ち着いたところで、乾燥パスタを茹でて再びミートソースパスタを作った。

少女はかなりお腹が空いていたようで、二束分をぺろりと食べてしまった。

ほかの種類のパスタソースもあったのだが、彼女はミートソースがいたく気に入ったらしい。

今は彼女に洗い物をしてもらっていて、俺はノルンちゃんとテレビを見ながらマッタリしているところだ。

ぼーっとニュースを見ていると、「本日は週の初めの月曜日」とアナウンサーが言った。

「あ、今日は月曜日か。仕事に行かなきゃ。ノルンちゃん、留守番を頼める？」

「はい、いいですよ。ご飯はどうしましょう？」

「教えてくれれば、私がやるよ」

洗い物を終えた少女が、タオルで手を拭きながら振り返った。

かなり手際がいいというか、タオルで手を拭く姿も様になっている。

複数人のエルフの記憶を取り込んでいるから、家事も手慣れたものなのだろうか。

「じゃあ、お願いしようかな。材料がパスタと缶詰とお米しかないんだけど、大丈夫かな?」

「パスタ作る。あれ、大好きだから」

「よかった。なにがなんでも定時で帰って来るよ。夕飯は別のものを作るから」

「コウジさん!　夕飯は生姜焼きをリクエストしますですよ!　千切りキャベツも添えて!」

「お、いいねぇ。それで決まりだな。さて、まずはガスコンロの使い方だけど……」

こうして、俺は少女に一通りのことを教え、会社へと出発した。


自分のデスクでキーボードを叩きながら、ちらりとモニターの右下の時計を確認する。

間もなく、定時の午後五時三十分。

フロア全体に、緊張が走る。

いつも定時ギリギリになってから仕事をぶん投げてくるクソ上司は、いまだ動かない。

隣席の同僚をちらりと見やる。

彼はこちらを見ずに、コクリと小さく頷いた。

その数秒後、定時を知らせるチャイムが鳴った。

クソ上司以外の全員が、一斉に席を立つ。

「「「お疲れ様です！」」」

「……お、おう。お疲れ」

上司はなぜか青い顔で、一言そう言うと自分のパソコンに目を戻した。

俺たちは我先にと、フロアを飛び出した。

「ねえ、どうかしたのかな、アレ」

駐車場までの道をてくてくと歩いていると、同期入社の女性が小声で俺に声をかけてきた。

アレとは言わずもがな、クソ上司のことだ。

「私、今日はなにも仕事を押し付けられなかったよ。自分の仕事だけやって定時帰宅って、もう半年ぶりくらいなんだけど」

「確かに……いつもなら俺たちに仕事を全部押し付けて、自分だけさっさと帰るよな」

「だよね？　顔色が悪かったし、なにか問題でも起こったのかな？」

「かもしれないねぇ。どっちにしろ、俺は定時で帰れればほかはどうでもいいや」

「それもそうだね。久々に彼氏とディナーに行けるし！　じゃあ、お疲れ様！」

「お疲れさん」

同僚と別れて、車に乗る。

自宅アパートへと向けて走っていると、見覚えのある後ろ姿を見つけた。

白髪セミロングに尖った耳、白いワンピース。

エルフの少女だ。

手に俺のエコバッグを提げている。

「ちょ、なんで出歩いてるんだ⁉」

俺は慌てて車を路肩に寄せ、彼女のもとへと走る。

彼女が俺に気付いて振り返り、柔らかく微笑んだ。

「コウジ、おかえり」

「なんで勝手に外に出てるんだよ⁉」

びくっ、と少女が肩をすぼめた。

しまった。思わず強い口調で言ってしまった。

「あ、いや、知らない土地でいきなり出歩くのは危ないだろ？　だから……」

「コウジさん。チキさんを連れ出したのは、私なのですよ。怒らないであげてほしいのです」

エコバッグの中から、ノルンちゃんがぴょこんと顔を出した。

「え、ノルンちゃんが？　って、チキさんって？」

「彼女の名前なのです！　チキサニカルシさん、略してチキさんなのですよ！」

「ノルン様に、付けてもらったの」

名前を付けるのはいいんだけど、なにもそんな舌を噛みそうな名前にしなくてもいいような。

「ええと、チキサニ……なんだっけ？」

「チキサニカルシ。アイヌ語で、たもぎ茸のことです。幸福を象徴するキノコなのですよ」

「へえ、そんなキノコがあるのか。まあ、チキちゃんって呼ぶ分には呼びやすくていいかな」

「気に入ってくれた？」

少し不安そうに、チキちゃんが俺を見上げる。

今さら気付いたけど、さすがエルフというか、すさまじい造形美だ。

現代に似つかわしくない服装も相まって、もはやコスプレイヤーにしか見えない。

「うん、いい名前だと思うよ！」

「……よかった」

チキちゃんが嬉しそうに微笑む。

なんかこう、ほっこりする笑顔だ。

「とりあえず、車に乗って。家に帰ろう」

「うん」

ふたりを車に乗せ、俺は再び家路に着いた。

「チキさん、お肉を出すのです！」

「うん」

「えっ？　肉？」

部屋に入って早々、チキちゃんがエコバッグから、『生姜焼き用豚ロース五百グラム（カナダ産）』のパックを取り出した。

「もしかして、買い物をしてきたの？」

「うん。ノルン様と相談しながら、いくつか選んできたよ」

そう言って、チキちゃんが『生姜焼きのタレ』『1／4カットキャベツ』『生シイタケ』を取り出した。

ほかにもいろいろと買って来た物を出して、生姜焼きの材料以外を冷蔵庫に手早くしまっていく。

「お金はどうしたの？　置いてある場所は教えてなかったと思うけど」

「私の神通力で、近所に落ちているお金を拾い集めたら五千円くらいになったんです。それでお買い物をしてきました！」

「そんなこともできるの⁉　ノルンちゃんすごすぎない⁉」

「ふっふっふ。これが女神の力なのですよ！」

ちゃぶ台の上で、ノルンちゃんが得意げに胸を張る。

女神の力を小銭拾いに使うとは、果たして正しい使い道なのだろうか。

それにしても、お金ってそんなにたくさん落ちているものだったのか。

「でもさ、チキちゃんがその格好じゃ目立ったでしょ？　声をかけられたりしなかった？」

「スーパーで買い物をしてるときに、写真を撮らせてくださいって何人かに言われたよ」

「えっ、撮らせたの？」

「ううん。撮らせてないよ」

「『今はオフなのでごめんなさい』ってチキさんに言ってもらって、全部断りました」

どうやら、ノルンちゃんが上手く対応してくれたようだ。

勝手に外を出歩いたのは問題だが、やってしまったものを今さら咎めても仕方がない。

外に出るな、とも言っておかなかったし、俺の不注意でもある。

「そっか。でも、今度からは俺抜きで出歩くのは控えてもらいたいんだ。なにかあったら困るしさ」

「うん、わかった。もうコウジと一緒じゃなきゃ出歩かない」

チキちゃんが素直に頷く。

なんて物わかりのいい子なんだろうか。

「コウジさん、普通の服を着ていれば、出歩いてもいいんじゃないですか？　耳はヘッドホンやヘアバンドを付けて押さえれば、髪の中に隠れますし」

はい、とノルンちゃんが手を挙げて提案してきた。

「うーん、確かにそれなら大丈夫そうだけど、やっぱり心配だなぁ」

「大丈夫ですって！　もしなにかあっても、私がなんとかしますので！」

「なんとかって、どうするのさ？」

「私の権限で、しつこく絡んできた相手のカルマ査定を極限まで下げて、その場で懲罰担当官に引き渡します！」

「怖いな!?　しかも職権乱用なんじゃないの、それ!?」

「嫌がる人間に無理やりちょっかいを出すような輩(やから)は、どうせカルマも懲罰認定スレスレなのですよ。暗黒郷(ディストピア)行きが少し早まるだけなのです」

恐ろしいことを平然と言うノルンちゃん。

というか、理想郷(ユートピア)だけでなく、暗黒郷まで存在していたことに衝撃を受けた。

ある日突然、生きたまま地獄に落とされるようなこともあるのだろうか。

考えただけでも恐ろしい。

「だから、お願いします！　コウジさんがお仕事に行っている間、ずっと引きこもるのはつらいのですよ！　あちこちお出かけしたいのです！」

「あ、ああ、それが目的か。わかったよ。今から服を買いに行こう。ヘッドホンは俺のを使っていいから」

「やったー！　コウジさん大好きです!!」

チキちゃん当人を置いてけぼりにして、服屋に行くことで話はまとまった。


車を走らせ、近所の大手カジュアル衣料品店にやってきた。

閉店まではまだ時間があるが、店内に客は数人しかいないようだ。

おー、とノルンちゃんとチキちゃんが口を半開きにして、店内を眺めている。

「好きな服を選んでいいよ。あと、パジャマとか下着も選んでおいで」

「コウジはどんな服が好みなの？」

隣に立つチキちゃんが、俺を見上げる。

身長が一五〇センチくらいしかないようで、一七〇センチある俺とだと結構な身長差だ。

「俺の好み？　そうだなぁ。ふわっとした感じの服が好きかな。こういうやつとか」

近くにあった、コーディネート済みのマネキンへと歩く。

ベージュのガウチョパンツ（裾口の広がった、ゆったりめのズボン）に、少しだぼっとしたダークグリーンのシャツを着ている。

紺色のゆったりした帽子も被っていて、なかなかオシャレだ。

「じゃあ、それにする」

「え？　これそのまんまってこと？」

「うん」

「お、マネキン買いですね！　絶対ハズレないので、賢い買い方ですね！」

チキちゃんの腕に抱えられたノルンちゃんが、各種のサイズが置いてある棚へと、チキちゃんを誘導していった。

チキちゃんはマネキンと同じ色の服と帽子をひとつずつ手に取り、俺のもとへと戻ってきた。

値札を見たところ、全部で九千円くらいだ。

「コウジさん、予算はおいくらですか？」

「んー、全部で二万円くらいでどうだろう。女性服っていくらくらいするのかわからないんだけどさ」

「物にもよると思いますけど、見た感じここならそんなにしないですよ。残りは、一着千五百円から三千円くらいのもので、見繕っていけばいいんじゃないですかね」

「じゃあ、そうしてくれ。好きに選んでいいから」

「かしこまりました！　昼間に拾ったお金も足しますね！　次にお出かけしたときに、もっとたくさん拾ってきますので！」

「そ、そっか。まあ、ほどほどにね……」

俺が言うと、チキちゃんが俺の手を握った。

「コウジの好きな服がいい。一緒に選んで」

「マジか。俺、全然センスないんだけどな……ノルンちゃん、手伝ってもらってもいいかな？」

「了解であります！」

そんなこんなで、チキちゃんを着せ替え人形にしながら、服をいくつか購入した。

下着まで選ばされたのは結構恥ずかしかったが、どうしてもと言われたので仕方がなかった。

ノルンちゃんがやたらと「へええ、そういうのが好きなんですか！」と頷いていたのが印象的だった。


帰宅後。

チキちゃんとノルンちゃんには服の収納を頼み、俺はぱぱっと夕食の支度を終えた。

とはいっても、豚ロースを生姜焼きのタレで焼くのと、キャベツを千切りにするだけで調理は完了だ。

これだけだと味気ないので、インスタントの味噌汁もラインナップに加えた。

ものの十分ほどで支度を終え、三人でちゃぶ台を囲んで（ノルンちゃんはちゃぶ台の上）いただきますをする。

ちなみに、チキちゃんは買ってきた部屋着に着替え済みだ。

無地の白いTシャツとグレーの膝下丈のズボンで、通気性のいいものを選んできた。

「コウジ、私もそれ使いたい」

さて食べよう、と俺が箸を持つと、チキちゃんが自分のフォークと俺の箸を見比べながら言った。

「え、箸を使うの？　使い方わかる？」

「わからないから、教えてほしいの」

「フォークじゃダメかな？」

「私も、コウジと同じものを使いたいの。一緒がいい」

「そ、そっか。ちょっと待ってて」

可愛い我儘に少し照れながら、俺は棚から小綺麗な漆塗りの箸を持ってきた。去年、従兄弟の結婚式の引き出物で貰って、食器棚にしまいっぱなしになっていたものだ。

「はい、これを使って」

「うん」

手本として持ち方を見せると、チキちゃんはすぐに俺とまったく同じように箸を持った。

普通、初めて箸を持つときは多少なりとも手間取ると思うのだが、この娘は手先がかなり器用なようだ。

「こうやって、肉を摘んでみてくれる？」

「こう？」

すっと、箸の先で生姜焼きを摘み上げる。

いとも簡単に箸を使いこなしてしまった。

「マジか。いきなり使えるとは思わなかったな」

「そうなの？」

「うん。かなりすごいと思う」

「やった」

嬉しそうに、チキちゃんが薄く微笑む。

この娘、どうも感情表現が薄く、あまり表情や声色に変化が見られない。

別に感情自体が薄いというわけでもなく、なんとなく雰囲気から機微は伝わってくる。

いろいろな人の記憶が混じり合ったせいで、こうなってしまったのかもしれない。

「にひひゃんひゅほいへふへ！」

ノルンちゃんは切り分けられた肉を両手で掴み、頬っぺたをぱんぱんにして、なにやらしゃべっている。

いつもと同様、ミニチュアサイズ時の彼女の食事スタイルは手掴みだ。

「ノルンちゃん、とりあえず飲み込んでからしゃべったら」

「……んぐっ！　チキさんすごいですね！　と言いました！」

「うんうん、大したもんだ。さあ、俺たちも食べようか」

「うん」

チキちゃんが生姜焼きを一枚取り、お茶碗に受けながら齧る。

数度咀嚼し、目を見開いた。

「美味しい。これ、すごく美味しい」

「そっかそっか。たくさんお食べ。キャベツも一緒に食べると、もっと美味しいぞ」

「うん。キャベツも食べる」

そう言うと、チキちゃんはすごい勢いで箸を動かし始めた。

肉、キャベツ、ごはん、味噌汁、肉、キャベツ、ごはん、味噌汁、とリズミカルに胃に流し込んでいく。

パスタを食べたときもそうだったが、この子、もしかしたら大食いの気があるのかもしれない。

「コウジさん、早く食べないとなくなっちゃいますよ！」

「おう。俺も食べるか」

ノルンちゃんにうながされ、俺も生姜焼きに手を付けた。


「ふいー、さっぱりした。……ん？　これはなんだい？」

夕食後、風呂で汗を流して部屋に戻ると、ちゃぶ台の上に料理の載った皿とチューハイが置かれていた。

テレビを見ていたチキちゃんが、俺を振り返る。

彼女とノルンちゃんは先に入浴を済ませており、ふたりとも髪がしっとりと濡れていた。

「シイタケのクルミ和え。お酒によく合うと思って」

「お仕事を終えたコウジさんを労(ねぎら)うんだって、スーパーでチキさんが選んで来たですよ」

「おお、そうだったのか。ありがとうな、気にしてくれて」

「うん」

ちゃぶ台の前に座ると、チキちゃんが梅チューハイを手に取った。

「そこのツマミを引き上げるですよ」

「うん」

チキちゃんはノルンちゃんに教えてもらいながら、プルタブに指をかけ、プシュッと缶を開けた。

用意してあったふたつのグラスとおちょこ（昼間の買い物で買ってきたようだ）に、トクトクと注ぎ入れる。

「え、ふたりも飲むの？　ていうか、お酒飲めるの？」

「この身体の子は飲んだことはないけど、別のエルフは飲んでいたみたい。美味しかった記憶があるよ」

「私はお酒初体験なのですよ！　アルコール成分は完全には分解しないで、酔っ払ってみようと思います！」

ノルンちゃんはともかくとして、チキちゃんは飲んでも大丈夫なのか、少し心配だ。

まあ、少し飲んだくらいで、異常が出ることはないとは思うが。

「せっかくなので、乾杯するですよ！　皆さん、グラスのご用意を！」

ノルンちゃんにうながされ、俺とチキちゃんがグラスを手に取る。

ノルンちゃんも、少しよたよたしながら両手でおちょこを持ち上げた。

「お、おもっ……で、ではでは！　今日も一日お疲れ様でした！」

「「お疲れ様でした」」

ぐいっと、三人で梅チューハイをあおる。

俺が半分ほど飲んでグラスを置くと、ふたりはまだ喉を鳴らして飲んでいた。

そのまま一気に飲み干して、グラスとおちょこをちゃぶ台に置く。

「っかーっ！　これはたまりませんね！　生きているって、こういうことを言うんですね！」

「このお酒、すごく美味しいね。もうひとつ出すね」

チキちゃんが立ち上がり、冷蔵庫へと向かう。

何缶か用意してあるようだ。

「ま、まあ、ほどほどにしておこうな。さて、これもいただこうかな」

チキちゃん特製、シイタケのクルミ和えに箸を伸ばす。

シイタケとクルミをひとつずつ重ねて摘み、口に入れる。

にんにくの風味が効いていて、ほんのり塩味でとても美味い。

「うお、美味いなこれ。チキちゃん、料理上手なんだな」

「すごいですよね。包丁さばきも見事でしたよ！　プロ顔負けってやつです！」

ノルンちゃんがシイタケを両手で掴み、がぶりとかぶりつく。

もっちゃもっちゃと、実に美味そうに咀嚼して飲み込んだ。

よほど美味いのか、なにも言わずに再びかぶりついている。

「そのシイタケ、スーパーにあったやつで一番美味しいやつだよ」

チューハイを手に戻ってきたチキちゃんが、俺の隣に座る。

「え、わかるの？　どういうふうに見分けるんだい？」

「見ただけで、美味しさがなんとなくわかるの。美味しいやつは、すごく元気だから」

よくわからないが、そういうことらしい。

チキちゃんはもともとキノコなので、植物についてはよくわかるのだろう。

俺にはさっぱりわからないが。

「はい。お代わり飲む？」

ぷしゅっと缶を開けるチキちゃん。

「お、すまんねぇ」

グラスを手にチューハイを注いでもらっていると、ノルンちゃんもおちょこを抱えて歩いてきた。

「チキさん、こっちにもお願いします！」

「うん」

チューハイを注いでもらい、ノルンちゃんが一気に飲み干す。

やや顔が赤くなっており、早くも酔っ払ってきたようだ。

「いひひ。コウジさん、家族が増えて、なんだか楽しいですね！」

ノルンちゃんが満面の笑みで言う。

このタイミングでいいこと言うな、と思わず感心してしまった。

常にハイテンションでおおざっぱに見えて、その実、他人の心の動きに気を配っているのだろうか。

酔っ払ったノリと勢いで言っているだけかもしれないが。

「そうだねぇ。可愛い女の子っていうのも、ポイント高いよね」

「家族？　私が？」

チキちゃんが缶を手に、目をぱちくりさせている。

「そうそう。家族。今さら言うのもなんだけど、これからもよろしくね」

「よろしくねー！」

「……うんっ」

チキちゃんは目に涙を浮かべつつも、しっかりと頷いた。


晩酌も終えて、さて寝よう、ということで布団を敷いた。

転送されたときの格好がパジャマでは困るので、ちゃんと普段着を着用済みだ。

眠った途端に理想郷へと転移されるはずなので、横になっているのはほんの一時だろう。

部屋の隅に置いてある理想郷に触れれば転移、もとい吸い込まれるかもしれないが、前回みたいに空中に出現して怪我をするのは嫌だ。

別に急いで戻る意味も必要性もないので、眠っての転移がいいだろう。

「さて、寝るか。チキちゃん、昼間にも説明したけど、俺が眠るとあっちの世界に転移することになる。俺とノルンちゃんだけが消えたとしても、朝になれば戻ってくるから心配しなくていいよ」

「うん。わかった」

灯りを消し、チキちゃんと一緒に布団に横になる。

俺が左側で、チキちゃんは右側の配置だ。

ノルンちゃんは、俺の枕元でハンカチを掛布団にして横になっている。

「ねえ、コウジ。左手出して」

「ん、左手?」

言われるがまま、左手を出す。

「身体、こっちに向けて」

「こう?」

チキちゃんに顔を向けるようにして、身体を動かす。

すると、チキちゃんは俺の左手を取り、自らの胸に押し当てた。

「はい。私のこと、好きにしていいよ」

「え⁉」

「なぬっ⁉」

驚いて声を上げる俺。

ノルンちゃんが、がばっと起き上がった。

「コウジさん！　据え膳、据え膳ですよ！　脱童貞のチャンス!!」

「う、うっさい！　お前は黙っとけ！」

彼女の胸から手を離そうとするが、ぎゅっと掴まれていて動かすことができない。

振り解こうとすればできるのだが、そこまでするのは少しはばかられた。

「どうしたのさ、急にそんなこと言って」

「私にできるお礼は、これくらいだから。コウジのしたいこと、なんでもしていいよ」

「エロ同人みたいに!?」

「ノルンちゃん、一回口を閉じようか！」

俺は一息つくと、空いている方の手を使ってチキちゃんの手を離させた。

チキちゃんが、不思議そうに小首を傾げる。

「しないの？　今はしたくない？」

「いや、そういうわけじゃないんだけど……というか、そういう知識はあるわけ？」

「エルフたちの記憶を引き継いでるから」

「あー……」

「エイシィっておばあさんが、昔、里長の長男を落としたときに、こうやったみたい」

「その付加情報は、いらなかったかな」

複数人の記憶の中には、もちろん大人のエルフも多数交じっているわけで。

夜の営みやら、恋愛云々に関する記憶も大量に保持しているのだろう。

見た目こそ少女だが、知識と経験（？）はかなりのものに違いない。

「私がしてあげようか？」

「い、いや、大丈夫。しなくても平気だから」

「なんで？」

「な、なんでって……」

ちらりと、枕元に目を向ける。

瞳を爛々と輝かせたノルンちゃんと目が合った。

「あ、お邪魔ですか⁉　お風呂場辺りに引っ込んでいましょうか⁉」

「結構です。あと、チキちゃんさ、そういうことって、本当に好きな人とするもんだと俺は思うんだ。お礼でするのは、ちょっと違うかなって」

「……うん、わかった。今はしない」

チキちゃんは納得したのか、身をよじって天井を見上げた。

「コウジが私のことを好きになってくれたら、するね」

「あ、はい」

なにかすごいことを言われているが、この状況で下手なことを言うと初体験が観客あり（ＶＩＰ席）になりそうなので、頷いておいた。

ノルンちゃんは、「ちょっとした恋愛漫画みたいですね！」と身をくねらせている。

こいつ、毎日楽しそうだな……。

「じゃあ、寝ようか」

「うん、おやすみなさい」

「おやすみなさいませ！」

すっと、目を閉じる。

なんだかんだで疲れていたのか、俺はすぐに眠りに落ちた。


「――大丈夫ですか!?　しっかりしてください!!」

「んー……」

女性の叫ぶ声と、身体を強く揺すられる感触。

顔をしかめながらも目を開けると、目の前にエルフのアイナさんの顔があった。

やはり、あれからあまり時間が経っていないようだ。

気を失ったときと同じく、空は夕焼け色のままである。

「ん、ああ。おはようございます」

「え？　お、おはようございます……あの、大丈夫ですか？　急に消えたと思ってしばらくしたら、突然また現れたので、なにがなにやら……」

「お、おい、こいつどうする？　なんだか、変わった服装になっているが……」

少し離れたところから、旦那さんの声がした。

身体を起こすと、チキちゃんが草むらの中ですやすやと眠っていた。

荷物の詰まったリュックも、近くの草むらに鎮座している。

俺は慌てて立ち上がり、チキちゃんのもとへ駆け寄る。

「この娘はもう大丈夫です！　治りましたので！」

「治った？　だって、リースは二カ月も前に死んだんだぞ？　俺も埋葬には立ち会ったし……さっきの様子からして、感染しているとしか……」

どうやら、チキちゃんの身体の主は、リースという名だったらしい。

とはいえ、その姿そっくりに変異しただけで、死体を乗っ取っているわけではない。

墓を掘り起こせば、故人の遺骨が出てくるだろう。

「ん……」

チキちゃんが目を開き、旦那さんと目を合わせた。

旦那さんは引きつった声を上げ、一歩下がる。

途端に、チキちゃんは顔を青ざめさせて、ガタガタと震え始めた。

「ひっ……や、やだ、殺さないで……」

「チキちゃん、大丈夫だから」

俺が声をかけると、チキちゃんは俺を見つけて、慌てて俺の後ろに隠れた。

「ふわぁぁ……お、皆さんお揃いですね！　なにをしているんです？」

緊迫した空気に、ノルンちゃんの気の抜けた声が差し込まれる。

かくかくしかじか、と説明し、ノルンちゃんが「なるほど」と頷いた。

「えっとですね、彼女はもう私が治しましたので、心配しなくても大丈夫です。誰も襲わないのですよ」

「治したって、あんたがか？　いったいどうやって？」

「私の血には解毒作用がありまして。それを彼女に飲ませたので、治ったのですよ」

「ああ、それであのとき……だが、リースは二カ月前に死んだはずなんだ。なんで生きてるんだ？」

「え、えーと、ちょっと込み入った事情がありまして。こう、ねぇ？」

えへへ、とノルンちゃんが額に脂汗を浮かべて誤魔化し笑いをしながら、人さし指をくるくるさせる。

まったく説明になっていない。

そのとき、森の入口の方から、「おーい」と声が聞こえてきた。

「あれ？　誰か来た……んん!?」

十人ほどのエルフたちが、フラフラした足取りでこちらへと向かって歩いて来ていた。

よく見てみると、森を出る直前に木に縛り付けたエルフたちと同じ身なりだ。

驚いたエルフ夫妻が、彼らに駆け寄る。

俺たちは顔を見合わせ、とりあえず彼らのもとへ行くことにした。

チキちゃんは震えながら、俺の腕にしがみついている。

「ノルンちゃん、あの人たち、感染してた人たちだよね？」

「はい。私たちが縛り付けた人たちですね」

「なにかよくわからないけど、治ったのかな？」

「うーん、どうでしょう。念のため、警戒はしておくですよ」

「そうだね」

彼らのもとにたどり着き、改めてその様子に目を向ける。

皆顔色がかなり悪いが、キノコも生えておらず、正気のようだ。

アイナさんが魔法で出した水を、手で受けてごくごくと飲んでいる。

急須から注ぐ程度の水量が、アイナさんの指先からちょろちょろと出続けている。

原理がさっぱりわからない。

「ふう……助かったよ。ほかに、感染しなかった奴はいないのか？　森の奥には、まだ七十人くらいいるが」

水を飲んだエルフの中年男が、一息ついて夫妻を見る。

「いるかもしれないが、俺たちは見ていないな……森の奥に七十人って、どこかに集まって避難していたのか？」

旦那さんの問いかけに、中年エルフが首を振る。

「いいや、違う。感染していたけど、さっき治ったんだ。その生き残りが、あと七十人いる」

「なんだって？」

「リース……いや、違うな。そこのリースの姿をした娘が、この感染症の犯人だ。彼女が感染源としての力を失ったから、俺たちも解放されたってわけだ」

中年エルフの言葉に、夫妻がぎょっとした顔をこちらに向けた。

ほかのエルフたちも皆、チキちゃんに目を向けている。

だが、その表情は怒りではなく、悲しみに満ちていた。

「俺たちは感染している間、全員で意識を共有していたんだよ。その娘が思っていることも、見ている景色も、俺たちは全部知っているんだ」

「っ⁉」

チキちゃんが、驚いたように息を飲んだ。

どうやら、彼女は知らないことのようだ。

「な……！　じゃあ、皆、目の前で家族や仲間が殺されていくところを見ていたってことか⁉」

「ああ。その娘や、ほかの感染者の目を通してな。その娘は、リースの姿に化けた――」

「てめえっ‼」

「ノルンちゃん！」

「はいな！」

激高してチキちゃんに掴みかかろうとする旦那さんを、ノルンちゃんが蔓で縛り上げた。

すでに両手の指すべてを蔓に変異させており、臨戦態勢だ。

「コウジさん、全員縛り上げますか？」

「うん、頼――」

「ま、待ってくれ！　俺たちは、その娘をどうこうしようなんて思っちゃいないんだ！」

俺の言葉を遮り、中年エルフが慌てて言う。

ほかのエルフたちも、同意するように頷いた。

「わかってるんだよ。感染が広がったのは、その娘の意思じゃないってことは」

別のエルフが、苦虫を噛み潰したような顔で語る。

「生気を吸った仲間の記憶を全部取り込んで、そのせいでどれだけ苦しんだかも俺たちは知ってる」

「感染した人は、皆それがわかっているの。ずっとそれを見ていたから」

元感染者のエルフたちが、次々に話す。

だが、縛り付けられている旦那さんの怒りは収まらない。

「だったらなんだよ⁉　こいつのせいで、仲間が何十人も死んじまったんだぞ⁉　本人の意思じゃなかったとしても、許せるわけないだろうが‼」

「そうだな。お前の言うとおりだと、俺も思うよ」

「だったら、なんで庇うようなことを言うんだよ⁉　仇討ちさせてくれたっていいだろうが‼」

頷く中年エルフに、旦那さんが語気を強める。

「その娘は生気を吸った奴、全員の記憶を持っているって、さっき言ったよな。言い換えれば、その娘は俺たちそのものだといっても過言じゃないんだよ」

「なにをバカなことを……記憶を吸い取ったってだけで、仲間を殺した化け物には違いないだろ⁉」

「だから、そうじゃないんだって……ああ、どう説明したらわかってくれるんだよ……」

中年エルフが頭を抱える。

意識を共有していた彼らにしか、理解できない感情なのだろう。

旦那さんからしてみれば、そんなことを言われても、チキちゃんは仲間の仇にしか思えないはずだ。

「コウジさん、それにノルンさんだったね？」

中年エルフが、俺たちに顔を向ける。

「こんなことを頼むのは筋違いだとは思うが、その娘を連れて行ってやってはくれないだろうか」

「お前……！」

旦那さんが憤る。

中年エルフが、再び旦那さんに目を向けた。

「俺たちは、その娘がどれだけ苦しんでいたかを知っている。なんとかして殺さないように限界まで空腹を我慢したり、その結果理性を失って家族を吸い殺してしまったりしたことをな。彼女の心をずっと認識していた俺たちには、復讐なんて真似はとてもできない」

「だからって！」

「あなた、もうやめて。あんなに怯えている子を、あなたは殺せるっていうの？」

アイナさんの言葉に、皆の視線がチキちゃんに集まる。

「ごめんなさい、ごめんなさい、ごめんなさい……」

チキちゃんは涙を流して震えながら、俺の腕にしがみつき、繰り返し繰り返し、ごめんなさいと言い続けている。

俺は彼女を抱き締め、頭を優しく撫でた。

「彼女のことは任せてください。ハナから連れて行くつもりでしたから」

俺が答えると、元感染者のエルフたちは、一様にほっとした表情になった。

「すまないね……では、俺たちは里に戻るよ。戻りがてら、縛り付けられている奴らを助けてやらないとな」

「なにかお手伝いできることはありますか？　作物の種くらいでしたら、お譲りできますけど」

それまで黙っていたノルンちゃんが提案する。

珍しく真面目な顔だ。

「いいや、畑や家が荒らされたわけじゃないから大丈夫だ。備蓄もたっぷりあるし、十分生活できるよ。すぐに、もとの生活に戻れるさ」

「ノルンちゃん、旦那さんを放してあげて」

「わかりました」

しゅるしゅると蔓が引っ込み、旦那さんの拘束が解かれた。

中年エルフを先頭に、エルフたちはぞろぞろと山へ戻って行く。

旦那さんはアイナさんに支えられながら、こちらには一瞥もくれずに去って行った。

「チキちゃん、大丈夫？　少し休む？」

「ううん、大丈夫。ありがとう」

エルフたちと別れ、俺たちは再び港町へと戻ることにした。

チキちゃんは先ほどの一件がかなり堪えたらしく、暗い顔でとぼとぼと歩いている。

俺としても、かける言葉が見当たらない。

「チキさん、過ぎてしまったことは仕方がないのです」

突然、ノルンちゃんがチキちゃんの前にぴょこんと立った。

にこっと、元気な笑顔を彼女に向ける。

「あんなことがあったのですから、悲しみに暮れるのは仕方のないことです。ときにはそれも必要ですし、気持ちを切り替えるにしても簡単にはいかないと思います。でも、だからこそ、少しずつでも元気になれるよう、明るく楽しく日々を生きるのですよ」

ノルンちゃんはそう言うと、両腕を蔓に変異させ、しゅるしゅるとふたりがけの椅子を作った。

背もたれ部分が高く、頭を預けられる形状の椅子だ。

「ささ、おふたりともどうぞ！」

「ん？　俺も座るの？」

「はい！　ご一緒にどうぞ！　リュックは私が持ちますので！」

リュックを下ろし、チキちゃんと並んで蔓の椅子に腰かける。

座る部分がネット状になっていて、なかなかに心地よい。

ノルンちゃんは足も数十本の蔓に変化させ、しっかりと自分の身体を支えた。

「ご搭乗の皆様、シートベルトをお締めください！　当機は間もなく離陸いたします！」

しゅるん、と胸から腰にかけてたすきがけに蔓が伸び、シートベルトのように身体を固定した。

ぐぐっと椅子が持ち上がり、あっという間に地上十メートルほどにまで上昇する。

「ひゃっ⁉　た、高いよ！」

「うおお⁉　かなり怖いぞ、これ⁉」

「席を倒しますよー！」

背もたれが後方に六十度ほど傾き、俺たちは空を見上げる格好になった。

赤みがかったオレンジ色に染まった雲と、夜の帳(とばり)が下り始めた薄紺色の空が視界いっぱいに広がる。

半分に欠けた青白い月、それに、きらきらと輝く数個の星も見て取れた。

「おお……」

「綺麗……」

その景色の美しさに、俺たちは同時に感嘆の声を漏らした。

ノルンちゃんは歩き続けているのか、ゆらゆらと椅子が揺れ動いている。

「チキさん、これからきっと、楽しいことも嬉しいこともたくさんあるのです。だから、できるだけ前を向いて明るく生きていくのですよ。私たちも一緒にいます。心配はご無用なのですよ」

「ノルンちゃん……」

やばい、今俺、ちょっとうるっときた。

まだノルンちゃんと出会って数日しか経っていないけれど、今までで一番、彼女が女神をしている瞬間だといっても過言ではない。

隣をちらりと見ると、チキちゃんの瞳から涙があふれていた。

「……うん。ありがとう」

「えへへ。どういたしまして！」

ノルンちゃんの元気な返事が、下から聞こえてくる。

「港町に着いたら起こしますので、おふたりとも寝ちゃってもいいですよ！」

その声と同時に、しゅるしゅるっと極細の蔓が俺たちの目の前に伸びてきた。

蔓はすごい勢いでまとまっていき、あっという間に大きめのブランケットくらいの大きさになって、ふわりと、俺とチキちゃんの上に覆い被さる。

蔓でできているはずなのだが、とても肌触りがよく温かい。

「じゃあ、お言葉に甘えようかな。チキちゃんも寝るかい？」

「うん。コウジと一緒に眠りたい」

チキちゃんが身体を動かし、俺の腕に自らの腕を絡める。

「では、足も伸ばせるようにしますね！」

ふくらはぎの後ろ部分の蔓がぐぐっと持ち上がり、まるでベッドのような形になった。

身体は蔓のシートベルトで押さえられているので、落ちる心配もなさそうだ。

「おやすみなさいませ。よい夢を」

ゆらゆらと心地よい揺れを感じながら、俺たちは眠りについた。


「おはようございまーす！　朝なのですよー！」

「んん……朝？」

元気な声を耳に受け、目を擦りながら身体を起こす。

目の前に、にっこりと微笑むノルンちゃんがいた。

隣に寝ていたチキちゃんも、のそりと起き上がる。

「……ここ、どこ？」

周囲は壁に囲まれていて、どうやら室内にいるようだ。

「港町の民家です。壊れていないものがいくつかあったので、一軒お借りしたのですよ」

俺たちが蔓のベッドから下りると、ベッドとブランケットがしゅるしゅると、ノルンちゃんの手に戻っていった。

一晩中、変異したままでいてくれたらしい。

「エルフの里の一件は、私からすべて人魚さんたちに説明しておきました。あとで食い違いが出てもいけないので、すべて真実をお話ししておいたですよ」

「あ、そこまでやってくれたんだ。ありがとう」

「いえいえ。それと、人魚さんたちから食べ物を分けてもらいました。これで朝食にしましょう」

そう言って、ノルンちゃんが近くにあったテーブルを指さす。

こんもりと皿に盛られたクジラ肉、もとい、グリードテラス肉があった。

「あれ？　これって、もしかして生じゃない？」

「はい、生肉なのです。美味しいですよ！」

「あれから丸二日近く経ってるはずだけど、なんで腐ってないの？」

グリードテラスを退治したのは、確か一昨日の朝の話だ。

野ざらしにされている死体が腐るには、十分な時間だろう。

「それが、どうやらあの肉は腐らないようなのです。そういう祝福がかかっているようでして」

「祝福？　ああ、そういえば、肉を食べたときにノルンちゃんそんなことを言ってたっけ」

「はい。なんの祝福かな、と思っていたのですが、どうやら防腐効果だったようですね」

ふーん、と感心しながら、肉を一枚手に取る。

とても瑞々しく、実に美味そうだ。

「お醤油とニンニクチューブも出しておきました。付けますよね？」

「お、いいねぇ。付けてみようかな」

「かしこまりました！」

ノルンちゃんはリュックから紙皿を取り出し、そこに醤油を垂らした。

おろしニンニクを紙皿の端に出し、割り箸を添えて俺たちに手渡す。

いただきます、と三人一斉に箸を付けた。

ニンニクを少し肉に載せ、醤油を付けて口に入れる。

新鮮な馬刺しのような爽やかな風味と、まったく筋張っていない絶妙な歯応え。丸二日前に食べたものと、まるっきり同じだ。

「すごいな。本当に全然傷んでないや」

「このお肉、すごく美味しいね」

チキちゃんも気に入ったのか、一心不乱にもりもりと肉を食べている。

その姿に、俺は少し安心した。

「腐らないってことは、あのグリードテラスが丸々保存食として使えるってことだよな」

「はい。口は閉じていますし、外皮はかなり分厚くて硬いので、外から鳥とか獣に食い荒らされるといったこともないのですよ。切り口部分を小屋かなにかで覆って、坑道みたいにするらしいです」

「なるほど、そうやって少しずつ肉を削り取りながら掘り進んでいくわけか。この街は三百人くらいしか住んでないし、何百年も持ちそうだね」

「そうですね。それに、あれだけ大きいと観光客もやってきそうな気もします。グリードテラスのおかげで、この街は発展するかもしれないですね」

グリードテラスは、全長約五百メートル、高さは百メートルほどという、とんでもない大きさだ。

その威容を一目見ようと、観光客が押し寄せても不思議ではない。

観に来たついでに街にお金が落ちれば、この街はどんどん発展していくだろう。

それを人魚さんたちが望んでいるのかは別の話だが。

「そういえば、あの中にいた、でっかいカマドウマってどうなったんだろう。まだ中に住んでいるなら、退治した方がよさそうだけど」

「その虫でしたら、私たちが出発したあとすぐ、私たちが出て来た穴から飛び出たみたいですよ。皆、地面に落ちて死んでしまったそうです」

「なんじゃそりゃ。虫が自殺したってこと？」

「結果的にはそうなりますね。宿主が死んでしまったので、新天地を探そうとして外に出たのかもしれません」

なんでそんなことになったのかはよくわからないが、害虫が自分から駆除されてくれたのだったら朗報だ。

あの巨大カマドウマは俺に襲いかかってくるわけでもなかったので、もしかしたらグリードテラスから生気かなにかを吸収して、生き延びていたのかもしれない。

グリードテラスの口の方へ引き返そうとしたときに、妨害するように現れたのは、グリードテラスの養分を逃がさないようにしたと考えれば、説明もつくような気がした。

「焼いて食べたら、エビみたいな味で美味しかったそうですよ」

「ええ……人魚さんたち、あの虫まで食ったのか」

「『死体が腐ったら困るので燃やしたら、すごくいい香りがしたから食べてみた』と言ってましたね」

チキちゃんはその話に興味が湧いたのか、俺に顔を向けた。

「私、その虫食べてみたい」

「今度本物のエビを好きなだけ食べさせてあげるから、虫はやめておきなさい」

そんな話をしながら食事を済ませ、俺たちは外へ出た。

ギコギコトンカンと、あちこちから木を切る音や釘を打ち付ける音が聞こえてくる。

そこらじゅうに転がっている廃材を使って、簡易的な小屋や家具を作っているようだ。

ノコギリや金槌を使う人魚さんたちの姿が、なんとなくシュールに感じる。

「コウジ様、ノルン様、おはようございます」

俺たちを見つけて、カーナさんがずりずりと尾っぽを動かしながら歩み寄ってきた。

動きやすそうなTシャツ姿だ。

「そちらのかたがチキさんですね」

「チキサニカルシといいます。初めまして」

チキちゃんがぺこりと頭を下げる。

礼儀正しくて大変よろしい。

「カーナさん、これなら引っ越しはしなくても大丈夫そうですね」

「はい。それどころか、何百年も食べていけそうな量のお肉が手に入って、なおのこと、ここから離れられなくなりました」

「建物の修復とかは、なんとかなりそうですか？」

「それは少しずつやる感じですね。寝泊まりする場所は海底遺跡で事足りるので、そんなに焦って取りかかる必要もないですし」

「それはよかった。海の中と陸とだと、どっちが寝心地がいいんです？」

「個人的には陸の方が好きですね。朝の清々しい空気を吸って目覚めると、すごく元気になれるので」

そのまま少し雑談し、本題について話すことにした。

俺たちの旅の目的、理想郷のバグ取りについてだ。

「この間、どこだかで巨人の集団が出たとか言っていたじゃないですか。そこに行ってみようと思うんですけど」

「え、巨人の出た国へですか?」

「ええ。場所を教えてくれませんか?」

「場所……ですか。うーん」

カーナさんが困り顔で唸る。

「東の国、としか聞いてなくて、どこの国かまでは、わからないんですよね」

「東ですか」

「はい、あっちの方角ですね」

カーナさんが、太陽が昇ってきている方角を指さす。

「じゃあ、あっちへ行きながら情報を集めるか。ノルンちゃん、どう思う?」

「それでいいかと。どうせ、世界中を回らなければならなくなると思うので」

「チキちゃんも、それでいいかな?」

「うん。いいよ」

「それでしたら、ここから半日くらい歩いたところに旅人の宿があるので、そこで情報を集めるのがいいと思いますよ。結構大きな施設ですし、たくさんの人が立ち寄るので」

「わかりました。そこで話を聞いてみますね。いろいろとありがとうございました」

三人揃って、カーナさんに深々と頭を下げる。

「いいえいいえ。こちらこそ、街を救ってくださって、本当に感謝しています。またいつか、立ち寄ってくださいね」

「はい、必ず」

「お肉を食べに、絶対に戻って来るのですよ！」

元気に宣言するノルンちゃんに、カーナさんがくすりと笑う。

「ふふ、お待ちしています。お肉、いくらか持っていきますか？」

「あ、そうですね。じゃあ、お菓子が入ってたレジ袋に入れて持っていくかな」

「あのお肉は美味しかったから、たくさん持っていきたい」

「コウジさん、出発前に皆さんに挨拶していくですよ」

「うん、そうしようか」

そのあと、俺たちは人魚さんたちに挨拶をして回り、大量の生肉を貰ってルールンの街をあとにした。

目指すは、巨人の集団が現れたという東の国。

どれだけ遠いのかはわからないが、歩いていればそのうち着くだろう。

第三章　ドワーフの里と伝説の怪物

緩やかな上り下りが続く街道を、三人並んでてくてくと進む。

道の両側には草原が広がっていて、ところどころに花も咲いていていてとても美しい。

日差しは強いが空気はさらっとしており、避暑地の高原を歩いているかのような清々しさだ。

「とっつげき　とっつげき　やーりをーもてー」

ノルンちゃんが元気に歩きながら、昨日と同じ歌を歌い始めた。

「またその歌かい」

「ハイキングといえばこれですよ！　神軍行進曲といえばハイキングなのです！」

「いや、そのタイトルって、思いっ切り軍歌なんじゃないかな……」

「ノルン様、私も歌ってみたい。教えてほしいな」

チキちゃんの申し出に、ノルンちゃんがにこっと微笑む。

「おおっ、いいですね！　皆で歌った方が楽しいですもんね！」

「なら、せっかくだから俺も歌うかね」

「では、私に続いて歌うですよ！　とっつげき　とっつげき　やーりをーもてー」

「「とっつげき　とっつげき　やーりをーもてー」」

まさにハイキングといった調子で街道を進み、太陽が真上に来たところで昼食にすることにした。

ピクニックシートを草の上に広げ、レトルト食品やら缶詰やらスナック菓子やらを取り出す。

「今さらだけどさ、初日に食べる分くらいは、お弁当を作って持ってきてもよかったよね。おにぎり握って、唐揚げ揚げてさ」

「確かにそうですね！　それと、次に来るときは唐揚げ粉や天ぷら粉と、サラダ油も持ってくるですよ。油は濾せば何度か使えますし、きっと楽しいのですよ」

「おお、それいいね。楽しそうだ。食べられる野草とかキノコを探しながら歩くのもいいな」

「揚げ物、私作れるよ。料理なら一通りできるから、私やるよ」

もぐもぐと缶詰の焼き鳥を箸で食べながら、チキちゃんが申し出る。

「へえ、エルフも揚げ物って食べるんだ」

「うん、菜種油も自分たちで作ってたよ」

「菜の花も栽培してたの？　もしかして、菜種油の作り方も知ってたりする？」

「うん。収穫した種を鍋で炒って、石臼で細かく砕いてから蒸すの。それを布で包んで、樽に入れて上から――」

チキちゃんはすらすらと、菜種油の作り方を説明する。

説明もとてもわかりやすく、油ができるまでの様子が頭に浮かんだ。

「おー、チキさんすごいですね！」

「だなぁ。考えてみれば、こっちの世界でわからないことがあったら、チキちゃんに聞けばたいていのことはわかるのか」

チキちゃんがひとりいるだけでで、数十人のエルフと一緒にいるのと同じなのだ。

きっと、狩りの仕方や動物の捌き方も知っているだろう。

今さら気付いたが、頼りになるどころの話ではない。

彼女さえいれば、この先の旅もスムーズに進みそうだ。

「私、役に立てる？」

「役に立つどころか、いなきゃ困るレベルだよ。ほんと、頼りにしてる」

「やった」

よし、とチキちゃんが握りこぶしを作る。

表情は少し微笑む程度だが、かなり喜んでいる様子だ。

「チキさん、甘い卵焼きって作れますか？」

「ハチミツとお酒があれば、作れるよ」

「そうなんですね！　今度作ってもらえますか？」

「うん、わかった」

「やったー！」

チキちゃんがあまりにも万能すぎて、このままだと俺の役割が、傷や疾病の治療とノルンちゃんのエネルギー供給源のみになりそうだ。

足手まといにならないように、料理とサバイバル術を彼女から学ぶとしよう。

昼食を終え、俺たちは再び旅人の宿へと向けて歩き出した。

特に急ぐ旅でもないので、のんびりしたものである。

数時間歩いて太陽が傾いてきた頃、道の先に、のぼりの立った大きな木造の建物が見えてきた。

建物はかなり大きく、スーパー銭湯くらいの大きさがある。

屋根の部分に、紐で引っ張って鳴らす方式の鐘がひとつ付いているのが見えた。

丘と林くらいしかない平原にそんな建物がぽつんとあるので、ものすごい違和感だ。

「で、でかいな。もっとこじんまりしたものを想像してたんだけど……」

「まるで旅館ですね！　行きましょう！」

駆け出したノルンちゃんを追い、俺たちも走る。

入口の前に到着し、のぼりに目をやる。

書いてある文字は日本語だ。

「『旅人の宿「グン・マー」』……群馬？」

「群馬ですね」

「ぐんまって？」

チキちゃんが小首を傾げる。

「日本……あっちの世界にある地名だよ。俺たちの住んでるところが埼玉って場所で、その北に群馬ってところがあるんだ」

「そうなんだ」

「コウジさん、群馬好きですもんね。大学生時代、よく遊びに行っているのを天界から見ていたですよ」

「伊香保にある水沢うどんが美味しくてね。昔はちょくちょく食べに行ったなぁ」

どうやら、そういった想い出や好みも、この世界の形成や名称に反映されているようだ。

まさかダイレクトに、ぐんまという名前が付いた店に遭遇するとは思わなかったけれども。

「とりあえず入るか……って、俺たち、お金を持ってないじゃん」

「あ、そういえばそうですね」

今夜は宿に泊まればいいや、などと安易に考えていたのだが、路銀がないどころか、この世界の通貨事情すら知らない。

このままでは、宿の隣で野宿という間抜けな展開になってしまう。

「チキちゃん、お金持ってたりしない？」

「うん、前の服に入ってたのがあったから、持ってきたよ」

チキちゃんがポケットから、紐で縛られた布の小袋を取り出した。

時代劇で見るような布財布だ。

「おお、さすがチキちゃん。いくら入ってる？」

「ちょっと待って」

くるくると紐を解いて、チキちゃんが中身を覗き込む。

「小金貨が二枚と、大銀貨が二枚、大銅貨が四枚あるよ」

「えっ、金貨⁉　なにそれ純金⁉　何グラム⁉」

「さ、さあ？」

俺は思わず詰め寄って、チキちゃんの財布を覗き込んだ。

十円玉サイズの金色の丸い硬貨が、確かにふたつ入っている。

大銀貨と大銅貨は、それぞれが五百円玉よりもう一回り大きいサイズだ。

どの硬貨にも、潮を吹いているクジラの絵が両面に描かれていた。

「それらの価値って、どれくらいなんですか？」

「大きい硬貨一枚で、小さい硬貨五枚分なの。小銅貨一枚でイワシが三尾、サバだったら一尾買えるよ。小銀貨一枚で、カツオが一尾買えると思う」

「うーん……魚換算だといまいち価値がわからないや。日本円……あっちの世界のお金でどれくらいの価値か、なんとなくでいいからわからないかな？」

「んーと……たぶんだけど、こんな感じかな」

チキちゃん曰く、貨幣の種類と価値は次のようなものらしい。

一分銅貨＝十円
小銅貨＝百円
大銅貨＝五百円
小銀貨＝千円

大銀貨＝五千円
小金貨＝一万円
大金貨＝五万円
※一分銅貨は一円玉の半分のサイズ（長方形）
※小硬貨は十円と同じサイズ（円形）
※大硬貨は五百円玉より一回り大きいサイズ（円形）

「なるほど……って、それだとイワシとサバが安すぎない？　百円でイワシが三尾か、サバが一尾買えるってこと？」

確か、日本のスーパーでもイワシ一尾で百円から二百円だった。

サバに至っては、安いものでも一尾二百円以上はした記憶がある。

漁船で大量に捕獲できる現世ですらそんな価格なのに、こちらの方がべらぼうに安いというのはちょっとおかしい。

「この辺りは、海でも川でもたくさんお魚が獲れるの。野菜も簡単に育つし、食べ物の値段はすごく安いよ。働かなくても、適当に畑を作って釣りをしていれば、遊びながらでも生活できるくらいだよ」

「なん……だと……」

「おー、その辺りは成功していたんですねぇ」

驚きに言葉を失う俺と、よかったよかったと頷いているノルンちゃん。

そういえば、この世界を構築する際に「野菜がよく育つ土」を使った気がする。

お魚たくさん、ともノルンちゃんは唱えていたはずだ。

もしかしたらこの辺りの土地だけかもしれないが、魚でも野菜でも取り放題状態なのは、それらが理由なのだろう。

「ま、まあ、それなら宿代もそんなに高くないのかな？　チキちゃん、いくらで泊まれるのか知ってる？」

「ううん、わからない。私の記憶には、この宿に泊まった人はいないみたい」

「まあ、とりあえず入ってみればわかるのですよ」

「それもそうだね」

ノルンちゃんを先頭に、がらっと引き戸を開けて中へと入った。

「「「おー」」」

飛び込んできた光景に、三人揃って声を上げる。

中は広々としたホールになっていて、左手に下駄箱、右手に受付がある。

広い玄関の先は小上がりになっていて、その先にはたくさんのテーブルと座布団が置かれた休憩スペースが設けられていた。

かなり繁盛しているようで、ほとんどのテーブルが埋まっている。

いろいろな種族の人たちが、あちこちの席で談笑しながら寛いでいた。

「おお、猫耳に猫尻尾だ。顔も、頬っぺたの部分がちょっとふさふさしてる」

「あっちには犬っぽい人もいますね。トカゲみたいな人もいますし」

いろいろな種族の人たちがいるが、大多数の人が浴衣のような服を着ている。

この宿に泊まると、貸し出してもらえるのかもしれない。

「あ、ノルンちゃん。トカゲみたいな人じゃなくて、竜人族って呼ばないとダメだってカーナさんが言ってたよ。トカゲとかリザードマンって呼ぶのは、失礼なんだってさ」

「そうなのですか。気を付けますね」

「コウジ、ノルン様、受付けに行こう？」

「おっと、そうだった」

チキちゃんにうながされ、三人で受付けへと向かう。

受付けのカウンターには、背中から鳥の翼が生えた作務衣姿のお姉さんがいた。

翼人、というやつだろうか。

三人を代表して、俺が受付けをすることにした。

「いらっしゃいませ！　ようこそ、旅人の宿グン・マーへ！　三名様ですか？」

「はい。一泊でお願いしたいんですけど、値段はいくらですかね？」

「三名様、朝夕食事付きで小金貨一枚と大銅貨一枚です。素泊まりだと大銀貨一枚と大銅貨二枚です」

「よかった、泊まれますね！」

ノルンちゃんがうきうきした声を上げる。

手持ちのお金は小金貨二枚、大銀貨二枚、大銅貨四枚。

日本円換算で、三万二千円（たぶん）だ。

朝夕食事付きで、一泊三人で一万五百円なので、三泊できる計算になる。

「じゃあ、一泊でお願いします」

「かしこまりました。当宿のご利用は初めてでしょうか？」

「初めてです」

「では、ご利用のご案内をさせていただきますね」

宿の使い方を、お姉さんが丁寧に説明してくれた。

朝夕の食事は食事券を使うとのことで、色違いの券を三枚ずつもらった。

食事は大食堂で、バイキング形式とのことだ。

浴衣は一着、タオルは二枚ずつ無料で貸してもらえて、ホールの休憩エリアは自由に使っていいらしい。

寝る場所は二階にあり、六畳一間の部屋に自分で布団を敷いて寝るとのことだ。

荷物は無料で預かってもらえるので、すべて預けてしまった。

「奥に露天風呂がありますので、宿泊期間中でしたら一日に何度入っていただいても結構です。間もなく夕食の時間ですので、ご入浴の前にお食事にしてはいかがでしょうか」

「わかりました。朝の食事って、何時からですか？」

「用意ができましたら、鐘を鳴らしてお知らせいたします。入場開始が一度、最終入場間近になると二度鳴らしますので、それを目安としてください」

「コウジさん、ご飯！　先にご飯に行きましょう！」

待ちきれない、といった様子で、ノルンちゃんが俺の袖を引っ張る。

ちょうどそのとき、ガランガラン、と大きな鐘の音が鳴った。

最終入場間際になると、これが二回繰り返されるのだろう。

ともかく腹も空いているので、先に食堂に向かうことにした。

休憩スペースで寛いでいた客たちが、一斉に食堂へと向かっていく。

宿泊代を払い、俺たちもそれに続く。

すると、ホールの隅っこに、変わった格好の若い女性が立っているのを発見した。

背中にマント、頭にとんがり帽子、手には水晶玉が付いた杖を持っている。

紺色を基調とした小洒落たワンピース姿だ。

お客はほとんどが浴衣姿なので、少し目立っていた。

「あの人、魔法使いかな？　とんがり帽子に杖って、いかにもな感じだけど」

「確かに、それっぽい格好ですね。尻尾の具合からして、犬人さんですかね」

ふさふさの尻尾がワンピースから覗いている。

膝下は白い毛に覆われていて、足はもこもこしていて、まるでぬいぐるみのような見た目だ。

「胸に名札が付いてるよ」

チキちゃんに言われて胸を見てみると、確かに名札が付いていた。

漢字で『用心棒』と書いてある。

「用心棒か。とすると、やっぱり魔法使いかな」

そんな話をしていると、そのお姉さんと目が合った。

彼女はにっこりと微笑み、俺たちにひらひらと手を振ってきた。

かなり可愛い。

「手を振ってる」

「情報収集のついでに、話しかけてみますか？」

「いいの？　食事が遅くなっちゃうけど」

「料理は逃げませんけど、用心棒さんはずっとあそこにいるかはわかりませんので。職業柄、情報通かもしれませんし、聞いておいた方がいいのですよ」

「そっか。チキちゃんも大丈夫かな？」

うすうす思っていたけど、彼女って実はかなり真面目な性格なんじゃないだろうか。

まさか、ノルンちゃんが食い気よりも情報収集を優先するとは。

「うん、平気。我慢できるよ」

三人で、お姉さんに歩み寄る。

「こんばんは。お姉さんは、この宿の用心棒さんなんですか？」

「うん、そうだよ。商売のついでに、ここで雇ってもらってるの。日雇いだけどね」

用心棒

「そそ。占いとか情報販売とか、いろいろやってるの。ちょっと見ていってよ」

お姉さんはそう言うと、傍らに置いてあったボードを手に取った。

両手で持って、胸の前にかざして見せる。

どうやら、商品の一覧表のようだ。

すべて日本語で書かれている。

・薬草についてのお得な情報　大銅貨二枚
・最寄りのダンジョンはここだ！　大銀貨一枚
・注意！　山奥に現れた巨大怪物！　大銀貨一枚
・新鮮なクジラ肉が食べ放題⁉　今一押しの観光スポット！　大銅貨二枚
・危険！　エルフの里の感染症⁉　大銅貨四枚
・飛竜襲来⁉　颪切り谷の恐怖！　大銅貨四枚
・空飛ぶ島へ、いざ！　天空島へお得に渡る方法　大金貨一枚
・幻の世界へ！　地底に広がる大秘境！　小金貨一枚
・誰でも使える魔法を伝授。今日からあなたも魔法使い！（魔力を一時的に分け与える方式のため、使用回数に制限があります）　大金貨一枚
・魔法使いの星占い　小銅貨三枚（お子様無料）

・魔力のお守り（弱） 大銅貨四枚
・魔力のお守り（中） 小金貨一枚
・魔力のお守り（強） 大金貨一枚
・ヒールポーション（ミント味） 一個 大銅貨四枚
・ヒールポーション（りんご味） 一個 大銅貨四枚
・ドキドキ！ お姉さんの幸せハグ（十秒） 大銅貨五枚

「すごくたくさんあるね。このクジラ肉って、グリードテラスのことかな」

「ですねー。もう情報を仕入れているなんて、どうやって調べたのでしょうか」

「あ、里のことも載ってるよ」

チキちゃんの台詞に、お姉さんが「おっ」といった顔になった。

「あら、エルフの里のことを知ってるの？ もしかして、そちらのお嬢さんは里の人かな？」

「うん。その事件は昨日解決したよ。今は皆治癒して、里で普通に暮らしてるよ」

「そうだったんだ！ じゃあ、これは消しておかないとね！」

そう言って、お姉さんはその項目を指でなぞった。

まるで消しゴムで消したかのように、その項目が綺麗に消えて、左の項目が隙間を埋めるように右にスライドした。

その不思議な現象に、思わず俺とノルンちゃんが「おお」と声を上げる。

「教えてあげたんだから、オマケしてほしいな」

「うん、いいよ！　今消した項目の代金分、値引きするね！」

お姉さんがパチンと指を鳴らすと、メニュー表の料金がすべて大銅貨四枚分値引きされた価格に修正された。

実に鮮やかなお手並みだ。

「おお、チキちゃんナイス！　大銅貨四枚分浮いた！」

「さすがチキさんですね！」

「えへへ」

チキちゃんが照れたように微笑む。

料理はできるわ、交渉はできるわ、物知りだわで、頼りになること、このうえない。

「それで、どれか欲しいものはあるかな？」

お姉さんの声に、改めて項目を見てみる。

どれも気になるものばかりで、目移りしてしまうな。

「コウジさん、ハグをお願いしてみたらどうですか？」

ノルンちゃんが茶化すように言うと、チキちゃんが俺にぎゅっと抱きついてきた。

「私がするからいいの」

「あー、もう、可愛いですね！　私も交ぜてください！」

ノルンちゃんまで俺に抱きついてきた。

なんだこの幸せな状況は。

にやけそうになるのを堪えつつ、メニュー表のひとつを指さした。

「この、『注意！　山奥に現れた巨大怪物！』って、ここから近い場所だったりします？」

「んー、近いといえば近いかな。この情報を買うなら、詳しく教えてあげられるよ」

当然ながら、タダではなにも教えてくれないようだ。

ほかにもいろいろと気になる項目はあるが、明らかにこの世界のバグっぽいものは、この情報だろう。

「ふたりとも、この情報を買ってもいいかな？」

「はい、いいですよ」

「うん、いいよ」

チキちゃんが財布を取り出し、大銀貨を一枚、お姉さんに手渡した。

お釣りとして、大銅貨四枚を受け取る。

「はい、ありがとね！　ではでは、その怪物についての説明をいたします！」

お姉さんはにっこりと微笑むと、その情報について話し出した。

「ここから歩いて北に向かうと、山の中にドワーフの小さな集落があるの。でも、しばらく前から、伝説上に存在する、こわーい怪物が現れるようになって――」

お姉さんの話を要約すると、次のようなものだった。

・怪物の名前はストーンドラゴン。
・鉱石を食らい尽くす害獣として伝説上に存在していたのだが、この先にあるドワーフの里に出没した。
・地中を掘り進んで移動する。かなり素早い。
・非常に攻撃的で、石つぶてを吐き出してくる。当たると一撃で骨折するくらいの威力がある。頭に当たるとまず死ぬ。
・弱点は水だと伝えられているが、大雨でもピンピンして暴れ回っていたからたぶん違う。水魔法も全然効かなかった。
・お姉さんがドワーフに雇われて傭兵団と一緒に戦ったけど、歯が立たなかった。
・倒すとお宝が出るという伝説がある。

「ドラゴンだって。ノルンちゃんの力でなんとかならないかね？」

「程度にもよりますが、いけると思いますよ」

軽く言ってのけるノルンちゃん。

あのグリードテラスを仕留めたり、感染して狂暴化したエルフたちをまとめて縛り上げたりしていたのだ。

ドラゴンの一匹や二匹、なんとでもなるように思えてしまう。

「ノルン様、すごいね」

「ふふふ、どんな怪物も私にお任せなのです！　ぱぱっと仕留めてご覧にいれますよ！」

ドヤッと、いつものようにノルンちゃんが胸を張る。

「それじゃあ、明日そこに向かってみようか」

「えっ、退治しに行くの？　やめた方がいいと思うよ？」

「いや、どうしても退治しないといけないんです。俺の使命っていうか」

「ふーん……それなら止めないけど、本当に危険な相手だから注意してね。危なくなったら、すぐに逃げるんだよ」

「わかりました。ありがとうございます」

「あ、お姉さん。この星占いって、チキさんは無料でできたりしますでしょうか？」

ノルンちゃんが『魔法使いの星占い　小銅貨三枚（お子様無料）』を指さした。

お姉さんが、チキちゃんに目を向ける。

「んと、お嬢さんの歳はいくつかな？」

「たぶん、生まれてから半年くらい」

「え？」

お姉さんが、きょとんとした顔になる。

「チキちゃん、その身体の娘の年齢を言わないと」

「あ、そっか。十五歳だよ」

「十五歳ね？　十六歳未満ならタダでいいよ。今やる？」

「時間かかる？」

「んーん。五分もあれば終わるかな」

「コウジ、どうしよう？」

チキちゃんが俺を見る。

「それじゃ、今やってもらおうか」

そんなわけで、星占いというものをやってもらうことになった。

星が見えないと占えないということなので、靴を履いて外に出る。

建物から少し離れたところまで歩き、皆で空を見上げた。

日は完全に沈んでおり、満天の星空が広がっていた。

「うん、いい天気。ではでは、天才魔術師ネイリー・リリーによる、星占いを行わせていただきます」

大仰に頭を下げるお姉さん――ネイリーさん――に、俺たちは拍手を送る。

「それではお嬢さん、お名前と誕生日を教えてもらえるかな？」

「うん。名前はチキサニカルシ。誕生日は……」

そう言って、チキちゃんが俺を見る。

キノコの頃の誕生日なんて、覚えていないよな。

「その身体の娘のでいいと思うよ」

「うん、わかった。誕生日は、八月三十日」

「ありがと。それでは、始めます」

ネイリーさんが杖を両手で持ち、空を見上げる。

「星よ、宙よ。葉月のみそかに生まれ落ちたる、チキサニカルシの運命を示したまえ。えんりこげれげれらんぱっぱ！」

「どんな呪文やねん」

俺が突っ込むのと同時に、杖の水晶玉が青く光り輝いた。

ネイリーさんがチキちゃんに向き直り、杖を近づける。

「おでこ、ちょっと触るね」

こつん、とチキちゃんのおでこに水晶玉が触れた。

その途端、触れた部分が青く光り輝き、光の点が胸元にまで滑り降りた。

その胸元から、青白い光が一直線に夜空へと伸びた。

「わわっ⁉」

「おおっ、すげえ！」

「綺麗ですねー！」

驚くチキちゃんと、その幻想的な光景に感嘆の声を上げる俺とノルンちゃん。

ネイリーさんは光が指し示した星を見つめて、ふむふむと頷いている。

「あなたは大地の加護を強く受けているね。すごく長生きするよ。そこにいるノルンさんととても相性がいいから、ずっと一緒にいるといいと思う。希望の光があなたを包む未来が視える。ていうか、今包まれているっぽい。よかったね！　幸せになれるよ！」

ネイリーさんが言い終わると同時に、光の筋がふっと消えた。

「ネイリーさんすげえ！　こんなことができるなんて、マジでかっこいいよ！」

「でしょー⁉　もっと言って！」

「すごい！」

「もっと！」

俺とネイリーさんがそんなやり取りをしている脇で、チキちゃんはほっとしたように星を見つめている。

そんなチキちゃんの肩に、ノルンちゃんがぽんと手を置いた。

「チキさん、よかったですね！」

「うん。よかった」

チキちゃんはとても柔らかな笑顔で、先ほど光が指し示した辺りの星を見上げている。

「ねえねえ、これから夕食でしょ？　まだ、お嬢さんに話したいことがあるんだ。相席してもいいかな？」

「もちろん、いいですよ。行きましょう」

ネイリーさんを加え、俺たちは宿へと戻るのだった。

「ふおおおーっ⁉　コウジさん、すごいですよ！　すごいですよ、これ‼」

食事券を店員さんに渡して大食堂に入った途端、ノルンちゃんが瞳を輝かせて叫んだ。

壁際に沿って置かれたテーブルには大皿が並び、数十種類の料理が置かれていた。

パン、白米、雑穀米、カットフルーツ、肉料理、魚料理、野菜料理、卵料理といったものが、ぎっしりと並んでいる。

飲み物コーナーには牛乳、オレンジジュース、リンゴジュース、水がピッチャーで用意されていた。

「いっぱしのホテルばりのバイキングじゃん。この世界の物流ってどうなっているんだ……？」

「コウジ、早く食べたい」

「それじゃ、好きなものを取って席に行こうか。先に取り終わった人が、空いてる席を探すってことで」

各自でトレーを取り、お皿や茶碗を載せて料理を取りに向かう。

俺はとりあえず白米を山盛りに盛って、オレンジジュースをグラスに注いでから、魚料理のコーナーへと向かった。

「おお、刺身だ。カルパッチョとつみれ汁まであるぞ」

魚料理のコーナーには、刺身、カルパッチョ、煮魚、焼き魚などといった料理が、十種類近く並んでいた。

刺身は魚だけではなく、タコやイカ、甘海老まで用意されているという豪勢さだ。

少し離れたところには、ハマグリとニョッキのトマト煮まで置かれている。

周囲になにもないようなこんな土地で、これほどの料理が出せるとは驚きだ。

適当に料理を見繕い、テーブル席へと向かう。

すでにノルンちゃんが席に着いており、そわそわした様子でほかのメンツを待っていた。

「うお、ノルンちゃん、えらくたくさん取ってきたね」

「うう、待ちきれないですうううう！」

ノルンちゃんは大皿ふたつに料理をぎっしりと盛っていて、本当にそんなに食べられるのかと心配になるほどだ。

ぐっちゃぐちゃというわけではなく、それぞれの料理が交ざらないように、絶妙な配置になっているところがすごい。

「あ！　飲み物を貰ってくるのを忘れてました！　取って来ます！」

「転ばないように、ゆっくり行っておいで」

ノルンちゃんが席を立つのと入れ替わりで、チキちゃんとネイリーさんがやってきた。

チキちゃんはノルンちゃんに負けず劣らずの盛りっぷりで、ご飯も山盛り。

飲み物は牛乳だ。

ネイリーさんは肉料理のみが皿に盛られており、野菜はゼロ。

飲み物はオレンジジュースだ。

食事時なので帽子は外しており、垂れた犬耳が髪の間から覗いていた。

すぐにノルンちゃんも戻って来て、皆でいただきますをして食べ始める。

「んひゅいっ！　おいひいれふ!!」

いつもどおり頬っぺたをぱんぱんにして、ノルンちゃんが感激の涙を流しながら呻く。

噛んでいるんだか飲んでいるんだか、わからないくらいの勢いで、料理を胃に流し込んでいく。

「食べ放題なんだし、もっと落ち着いて食べたらどうだね」

「んぐっ！　……それもそうですね！　失礼いたしました！」

少し食べて落ち着いたのか、ノルンちゃんは今度はゆっくり味わうようにして食べ出した。

ニコニコ顔で「美味しい！」と言いながら食べる姿が、なんだか無性に可愛い。

その姿を微笑ましく見ながら、俺も料理に手を付ける。

「しかし、まさかタコやイカの刺身まで食べられるとは思わなかったな。ワサビと醤油まであるし、どこかにワサビ農園でもあるのかな……ん、こりゃ美味い！」

新鮮な生ダコの味に、思わず膝を打つ。

コリコリのプリプリで、まるで獲れたてのような新鮮さだ。

これほどの料理が食べられて、一名一泊三千五百円（日本円換算）とは破格なんじゃないだろうか。

詳しい物価がまだわからないので、実際問題これが安いのか高いのかはわからないけども。

「でしょ？　ここの料理、すごく美味しいんだよ。私もあちこち旅してるけど、ここはかなりいい宿だと思うよ」

鶏肉の香味焼きをもりもりと食べながら、ネイリーさんが言う。

「そうなんですか。ネイリーさんは用心棒をしながら、旅をしてるんですか？」

「うん。儲かりそうな場所を占いで探しながら、あっちこっちを旅してるよ。この辺は暖かくて過ごしやすいし、食事も美味しいし、言うことなしだね」

どうやら、この辺りはほかの場所に比べて、かなり恵まれた土地のようだ。

世界のバグをすべて修復し終えたら、この辺りに腰を落ち着けてもいいかもしれない。

「あ、そうそう。外で言った、話したいことなんだけどさ。チキさん、魔法の才能あるよ」

「魔法？　私が？」

黙々と料理を頬張っていたチキちゃんが、驚いて顔を上げる。

「うん。風と水の相性がいいと思う。もしよかったら、有料になるけど基礎を教えてあげられるよ」

「へえ、いいじゃん。教えてもらいなよ」

「うん、習いたい。いくらなの？」

「普通は大金貨一枚だけど、特別サービスで小金貨一枚でいいよ」

「……お金がなくなっちゃう」

チキちゃんが俺を見る。

残りの手持ちは、小金貨一枚、大銀貨一枚、大銅貨七枚。

魔法代を払うと、大銀貨一枚と大銅貨七枚になってしまう。

だが、チキちゃんが魔法を使えるようになれば、この先とても頼りになるに違いない。

通常価格の五分の一というのも魅力的だ。

「まあ、別にいいじゃん。お金がなくなったら港町に戻って、しばらくは魚でも捕まえて暮らそうよ。旅だって、別に急いでるわけでもないしさ」

「チキさん、いざとなったら、また私と一緒にお金探しをするのですよ！」

「うん。コウジ、ノルン様、ありがとう」

俺たちの言葉に、チキちゃんが嬉しそうに微笑む。

このお金はチキちゃんが持っていたものだし、あれこれ使わせてもらってお礼を言うべきなのは、俺の方な気がする。

「決まりでいいかな？」

「うん。はい、小金貨一枚」

「まいどあり！　じゃあ、ご飯食べながら教えるね」

ネイリーさんはそう言うと、魔法についての説明を始めた。

曰く、魔法というものは完全に才能に左右されるもので、才能がない者はいくら訓練しようが、使うことはできないらしい。

例外的に使えるようになる方法は、他者から一時的に力を分け与えてもらうやり方だ。

だがそれも、マッチ程度の火を数回出す、といったものしか使うことができないとのこと。

「魔法の才能がある人にとって、肝心なのは精霊さんと触れ合うきっかけなの。チキさん、私の手を握ってくれる？」

「うん」

ネイリーさんの左手を、チキちゃんが右手で握る。

「今から、あなたに風の精霊の声を聞かせるからね。聞こえたら、返事をしてあげて」

「え？　返事って……あ！　こ、こんばんは！」

もぐもぐと食事を続ける俺の目の前で、チキちゃんが誰かに挨拶をした。

そのあとも誰かと話しているかのように、「うん」とか「そうだよ」などと言っている。

そんな状態が、一分くらい続いた。

「こんなもんかな。それじゃ、今から手を離すけど、精霊さんの声に集中したままにしておいてね」

そう言って、ネイリーさんが手を離した。

チキちゃんは相変わらず、時折誰かに向かって返事を繰り返している。

「どう？　まだ聞こえるかな？」

「うん、聞こえる。この薄緑色の小さな女の子たちだよね？」

「えっ、見えるの⁉」

「うん。見えるよ」

驚くネイリーさんに、チキちゃんが頷く。

どうやら、すごいことらしい。

「すごいね！　精霊さんの姿が見えるって、結構珍しいんだよ！　才能大ありだね！」

「おお、チキちゃん、よかったね！」

「やりましたね！　おめでとうございます！」

「うん！」

俺とノルンちゃんの称賛に、チキちゃんが元気よく頷く。

「ネイリーさんも、精霊が見えるんですか？」

「うん、どんな精霊でも見えるよ！　天才だからね！」

ふふん、といった様子のネイリーさん。

褒められることが好きなようなので、「すごいですね！」と持ち上げておく。

「じゃあさ、ご飯食べたら一緒にお風呂に入ろうよ。そこで、水の精霊さんともお話をしておこう。魔法の使い方も、一緒に教えるからさ」

「うん」

そのあとも、魔法の話やら料理の話やらをしながら、楽しく食事を続けた。


食事を終えて、男湯の脱衣所へとやってきた。

「おお、広い脱衣所だな。床もピカピカだし、こりゃいいや」

日本のスーパー銭湯には何度も行ったことがあるが、そこに負けず劣らずの立派な脱衣所だ。

壁には足元から四段になっている棚が設置されていて、衣服を置いておくカゴが入っている。

脱衣所の真ん中には、二メートルはあろうかという巨大な氷の柱が直立していて、そこからひんやりとした冷気が漂っている。

氷の前に『天才魔術師ネイリー・リリー作』と書かれた看板が置かれていた。

まったく溶けている様子がないことから、おそらく魔法で作られた氷なのだろう。

服を脱ぎ、レンタルタオルを持ってのれんをくぐり、外に出た。

「おお……」

現れた光景に、思わず声を漏らす。

二十メートル四方はあろうかという、石造りの大きな露天風呂が湯気を立ち上らせていた。

四角い木枠で囲われた湯口からは、ざばざばととめどなくお湯が流れ出ている。

ほかにも、壺風呂、打たせ湯、休憩用のベンチまで用意されている。

「えっと、洗い場は……ああ、あそこか」

左手にあった、『洗い場』と書かれた看板の方へと向かう。

腰ほどの高さもある大きな瓶が置かれていて、ざばざばとお湯があふれ出ていた。

どうやら、瓶の底に穴が開いていて、そこから湯が湧き出てきているようだ。

置いてあった木の手桶でお湯をすくい、身体を洗い流す。

石鹸のようなものは見当たらなかったので、何度も湯をかけて汚れを流した。

いそいそと露天風呂へ向かい、爪先からそっと湯に入る。

ほんの少しだけ熱いと感じる程度の、ほどよい温度だ。

「……あー、天国だなこりゃ。なんていいところなんだろ」

頭にタオルを載せ、しみじみとつぶやく。

ご飯は美味しい、風呂は最高、女の子は可愛い、自然は素晴らしい、と文句のない世界だ。

それに世界のバグとやらも、冒険心をそそって、むしろわくわくする。

正直、現状この世界にはなんの不満もない。

「だよなぁ。本当にいい宿だよな」

とろけた顔をしていると、近くで湯に入っていたおじさんが話しかけてきた。

筋骨隆々で、左頬に走る長い傷跡が目を引く男だ。

年齢は、四十代半ばといったところだろうか。

「俺は一カ月くらいここに泊まってるんだけどさ、飯も風呂も、本当に最高だよ。わざわざ遠くから来たかいがあったってもんだ」

「ここって有名な宿なんですか?」

「おう。宿っていうか、温泉が有名なんだよ。病気とか怪我とか、ここに泊まって温泉に入っていればよくなるって話でな」

「へえ、そうなんですか。おじさんも、湯治(とうじ)で泊まってるんですか?」

「ああ。しばらく前から、ときどきとんでもなく腹が痛くなるようになっちまってな。最近になってようやく、少し痛みが和らいできたんだ」

「にいちゃんはどこから来たんだい?」

俺たちが話していると、近くにいたトカゲ顔の人が話しかけてきた。

筋骨隆々のマッチョな竜人だ。

声帯とか、どうなっているんだろうか。

「えーと……ここからはだいぶ遠いところから来まして。東の国に向かって旅をしているところなんです」

「お、旅か。いいねぇ、俺も二十そこそこの頃は、あちこち旅をしたもんだよ。旅はいいよなぁ」

うんうん、と竜人が頷く。

口ぶりからするに、この人も若くはないらしい。

「にいちゃん、旅するなら、天空島には一度行ってみた方がいいぞ」

少し離れた場所にいた別のおじさん（犬人）が、話に加わってきた。

彼の言葉に、周囲にいた人たちが同意するような声を上げた。

猫人や鳥人（顔が鳥そのもの）もいるし、種族の展覧会状態だ。

「あそこは綺麗だよなぁ。俺は夏にしか行ったことがないが、冬も綺麗だっていうし、今度また行ってみるかな」

「にいちゃん、ここを出たら行ってみたらどうだい？　少し離れているが、東に行くなら途中で立ち寄れるだろうしさ」

「生きているうちに、一度は行っておいた方がいい。あんな綺麗なところはほかにないからな」

「そうですね、そんなに綺麗なところなら……でも、その前にやることがあるんですよね」

「やることって？」

「ドワーフの里に出たっていう、ストーンドラゴンを退治しに行くんです」

俺が言うと、おじさんたちがどよめいた。

「ストーンドラゴンって、あれだろ？　この間、なんとかって傭兵団が討伐に行って、こてんぱんにやられて逃げ帰ってきたってやつ」

「にいちゃん、やめときなよ。命がいくつあったって足りねえよ」

「もっと割のいい仕事がほかにあるって」

おじさんたちが一斉に止めてくる。だけど、そう言われたからって諦めるわけにはいかない。

「ご忠告はありがたいんですけど、どうしても倒さないといけないんです。俺の使命なんです」

「……にいちゃん、勝算はあるのかい？」

初めに声をかけてきた、頬に傷のあるおじさんが問いかけてきた。

「もちろんです。まあ、まず負けることはないですよ」

「ほう、すごい自信だな。どんな手があるってんだ？」

「俺のツレに、とんでもなく強い人がいまして。その人なら、ドラゴンだろうがなんだろうが、ちょちょいのちょいかなと」

「ちょちょいのちょいって……それ、本当か？」

「ええ、本当です。ルールンの街に出たグリードテラス、あれも、その人が倒したんですよ」

俺がドヤ顔で言うと、おじさんたちが再びどよめいた。

「グリードテラスって、あれ退治されたのか!?　とんでもなくでかい怪物なんだろ!?」

「マジか……見つけたらすぐに逃げろって話だったけど、もう心配しなくてもいいんだな」

「あれって、懸賞金が出てたっけ？」

「いや、どうせ誰も倒せないってんで、出てなかったはずだぞ。自然災害と同じだから諦めろっていうのが、ギルドの方針だったな」

やいのやいの、おじさんたちが騒いでいる。

まったく疑わずに信じているようだが、皆純真というか素直なんだな。

「……にいちゃん、そのストーンドラゴン退治、俺も交ぜてくれないか？」

難しい顔で考え込んでいた頬に傷のあるおじさんが、真面目な顔で提案してきた。

「ストーンドラゴンは、倒すとお宝が出るっていうじゃないか。勝てる見込みがあるなら、俺もおこぼれにあずかりたいんだ。さすがに三十連泊もしてると、宿代もばかにならなくてね」

それを聞き、ほかのおじさんたちも「俺も俺も」と集まってくる。

正直に目論みを言う辺り、可愛げがあるというかなんというか。

「手伝うからさ。人手は多い方がいいだろ？　ドラゴンの死体を解体して運ぶのも大変だろうし」

「別にいいですよ」

「よっしゃ、決まりだ」

頬に傷のあるおじさんが、ざばっと湯から右手を出した。

「俺はカルバン・シムズだ。行商人をしながら、冒険者の真似事をしてる」

「ミト・コウジです。よろしくお願いします」

俺がカルバンさんの手を握り返したとき、隣の女湯からドカンという大きな音とともに、盛大に水柱が吹き上がった。

「おっ！　コウジさん、楽しそうですね！」

「その人たち、誰？」

休憩スペースで果実酒を飲みながらカルバンさんたちとマッタリしていると、ノルンちゃんたちがやってきた。

ネイリーさん以外、俺も含めた全員が浴衣姿だ。

ちなみに、酒はカルバンさんたちからの奢りである。

「おやおやぁ？　ツレってのはその嬢ちゃんたちか？　楽しそうな旅をしてるねぇ」

「はは……」

カルバンさんがにやけ顔で、肘で俺を小突いてくる。

ほかのおじさん連中も、「よっ、色男！」「若いって素晴らしいな！」などと声を上げている。

完全に酔っ払いだ。

「ん？　あんた、ここの用心棒だろ？　あんたもコウジのツレなのかい？」

カルバンさんがネイリーさんに声をかける。

「ううん。私は違うよ。この子たちと一緒にお風呂に入ってただけ」

「そうなのか。用心棒さんは、ストーンドラゴン退治に一緒に行くのかい？」

「行かないよ。コウジくんたちに雇われてるわけでもないし、この宿との契約期間もまだ残ってるからね」

「なんだ、そうなのか。魔法使いが一緒だったら心強いと思ったんだけどな」

残念そうな顔をするカルバンさん。

「コウジさん、そのかたたちも一緒に、ストーンドラゴン退治に行くんですか？」

おじさんたちを見回し、ノルンちゃんが小首を傾げる。

「うん。話の流れでそうなっちゃったんだけど、いいかな？」

「私は構いませんよ！　大勢で行った方が楽しそうですし！」

ノルンちゃんがにっこり笑う。

おじさんたちから歓声が上がった。

「緑の嬢ちゃん、ノリがいいな！」

「こりゃあ、俺たちも張り切っていかないとな！」

「嬢ちゃんたちも一緒に飲まないか？　ツマミも好きなのを頼んでいいぞ！　おっちゃんたちが奢ってやる！」

「えっ、いいんですか!?　ごちそうになりますね！」

「コウジ、メニュー表ちょうだい」

俺の両隣に、ノルンちゃんとチキちゃんが座った。

「用心棒さんも座りなよ。皆で飲もうぜ」

「んー、一応まだ仕事中だからお酒の席は……あ、そうだ。ちょっと待ってね」

ネイリーさんはそう言うと、なにやら呪文を唱え始めた。

彼女のマントがふわりと浮き上がり、杖の水晶玉が虹色に光り輝く。

「――重なる身は虚ろにあらず。一時の息吹を世に現さん。えんりこげれげれらんぱっぱ！」

呪文が終わると同時に、ネイリーさんの身体がブレた。

えっ、と皆で目を剥いていると、ネイリーさんの身体から滲み出るようにして、もうひとりのネイリーさんが現れた。

皆、唖然として口を半開きにしている。

滲み出たネイリーさんは、無言でホールの隅へと歩いて行った。

靴音が一切しないのが、かなり不気味だ。

「これでよし！　がっつり食べさせてもらうね！」

てでっと小走りでネイリーさんがチキちゃんの隣に行き、腰を下ろした。

「ネ、ネイリーさんがふたり!?」

俺は、チキちゃんの隣に座るネイリーさんと、ホールの隅にいるネイリーさんを交互に見る。

ホールの隅にいるネイリーさんは俺と目が合うと、にこっと微笑んで手を振ってきた。

「うん。少しだけ本物が混じった偽物を作ったの。すごいでしょ」

ふふん、と鼻を鳴らして、ネイリーさんが胸を張る。

「少しだけ本物って、なにがどうなってるんですか？」

「代償に使う精神力と体力を、魔力の渦を作って拡散しないようにしたの。それに生命力と記憶を加えて、その記憶から外見をかたどらせたってわけ。もちろん、私とは細い魔力の糸でつながってるけどね！」

「なにを言ってるのか、さっぱりわからねぇ……」

「んとね、あれは私の記憶をもとに作った複製品なの。魔術を使ったりしゃべったりはできないけど、見張りくらいならできるんだ」

「ネイリーさん、質問です！」

ノルンちゃんが手を挙げて質問する。

「はい、ノルンさんどうぞ」

「見張りをするにしても、しゃべれないんじゃ、なにかあっても伝えられなくないですか？」

「そのときは、魔力の糸を伝って私の意識に合図が来るの。合図と同時にどうしても安定化が崩れちゃうから、消えちゃうんだけどね」

「なるほど。荷物運びとかはできるんですか？」

「あ、それは無理。魔力で身体を形作っているだけだから、物を持ったり掴んだりはできないの。あまり遠くにも行けないから、見張りがせいぜいなんだ」

「そうなんですね。でも、すごく便利ですね！　さすがネイリーさんなのです！」

まさか、分身まで作れるとは思わなかった。

さすが『天才』を自称するだけのことはある。

「しかし、用心棒さんがツレじゃないってなると、とんでもなく強いツレってのは誰なんだ？」

「ああ、彼女ですよ」

隣を見る俺につられて、カルバンさんたちが一斉にノルンちゃんを見た。

「はい、とんでもなく強いですよ！」

にぱっとノルンちゃんが笑顔になる。

「もしかして、この娘って魔法使いなのか？」

「いえ、魔法使いじゃなくて……えーと」

「私は栽培の女神なのですよ」

どう答えようかと口ごもる俺に代わって、ノルンちゃんがさらりと言ってのけた。

今さらだが、女神だということは特に秘密にしなくてもいいようだ。

「め、女神？」

カルバンさんがいぶかしげな顔になる。

ほかのおじさんたちも困惑顔だ。

「あ、その目は信じていませんね？」

ノルンちゃんはそう言うと、右手の人さし指をぴんと立てた。

ぐにゅりと指がうねり、一瞬にして緑色の蔓へと変化した。

「「「「えっ⁉」」」」

おじさん連中だけでなくネイリーさんまでもが、それを見て驚きの声を上げる。

蔓が一気に頭上に伸び、大きな網目状に広がっていく。

皆、あんぐりと口を開けてその光景を眺めている。

ほかの席にいたお客さんたちも、頭上に突如現れた網を見て、なんだなんだと慌てふためいていた。

「ノルンちゃん、それなに？」

「見てのとおり、網なのですよ。これを使って、鳥を捕まえてみようと思います」

「おお、なるほど。上手いこと使えば、捕まえられるかもしれないね」

「今度試してみましょうね！」

しゅるしゅると蔓が引っ込み、元どおり人間の指に変異した。

「す、すごいな。確かに魔法じゃないみたいだし……本当に女神様なのか？」

恐る恐る、カルバンさんがノルンちゃんに声をかける。

「はい！　正真正銘の女神なのです！　栽培を司っていますよ！」

「そ、そうか。まあ、今後ともよろしくな」

「はい、よろしくお願いします！」

「それじゃあ、女神さん、退治するのはよろしく頼むよ。俺たちも、手伝いくらいはするからさ」

「わかりました。皆で楽しく、ドラゴン退治に行きましょうね！」

そのあと、休憩スペースの営業時間が終わるまで、俺たちは飲めや歌えと宴会を続けた。

ノルンちゃんのパフォーマンスを見てほかにも人が集まってきて、なんだかんだと話しているうちに、かなりの大人数が討伐隊に加わることになってしまった。

合計八十人近い大所帯になってしまったが、数が多いに越したことはないだろう。

翌朝。

部屋で泥のように眠った俺たちは、朝食バイキングで腹を満たしてから宿の前に集合した。

討伐隊に加わった人たちは、種族も年齢も性別もばらばらだ。

とはいえ、皆が冒険者か行商人であり、戦闘技術やサバイバル能力には自信のある人が多いようだ。

「それじゃ、行きましょうか。皆さん、忘れ物はありませんか？」

俺の声に、皆が「はーい」と返事をする。

「退治して帰ったら、また宿で宴会しようぜ！」

「だな。これだけいれば、もう数の力でいけるだろ」

「ストーンドラゴンかぁ。どんな姿をしているのか、今から楽しみだ」

まるで遠足にでも行くような雰囲気で、皆がぞろぞろと北を目指して歩き始める。

ネイリーさんに聞いた話だと、歩いて一日半の距離にドワーフの里はあるらしい。

「それ、珍しいリュックだな。どこで買ったんだ？」

俺と並んで先頭を歩きながら、カルバンさんが俺のリュックを見る。

カラフルなポリエステル製のリュックサックは、明らかにほかの人より目立っていた。

ノルンちゃんもお揃いの物を背負っていて、後ろで同じようにあれこれと聞かれているみたいだ。

「えーと……埼玉っていう土地の街で買いました」

「サイタマ？　聞いたことがない場所だな。どこにあるんだ？」

「あー、なんて言ったらいいんだろ。すごく遠くにあるような、近くにあるような」

「なんじゃそりゃ。買い物した場所も覚えてないのかよ」

カルバンさんが呆れた声を漏らす。

「そうなんです。忘れっぽくって……はは」

「おいおい……ってことは、全部嬢ちゃんたち任せってことか。せっかくいい女を連れてるんだから、もっといいところを見せるように頑張んないとだぞ」

「そ、そうですね」

「っと、悪い！　会ったばっかだっていうのに、説教臭い真似しちまった。年取ると、なんでこうなっちまうんだろうな」

ぽりぽりと、カルバンさんが頭を掻く。

茶化しているふうでもなかったので、俺も別に腹が立ったりはしない。

なんというか、父親に説教を受けている感覚だ。

「コウジたちは、こういった討伐は慣れてるのか？」

「いえ、退治したのは、グリードテラスだけですね」

「そうなのか。まあ、あれを倒せたなら、ドラゴンくらいどうってことないだろ」

うんうんと、カルバンさんが頷く。

「俺もあちこち旅をしてきたけど、ドラゴンなんて二十年ぶりだな。いやぁ、楽しみだ」

「えっ、ドラゴンを退治したことがあるんですか？」

「退治っていうか、脱皮した皮を拾いに行っただけだけどな。若い頃は専業冒険者をしててさ、報酬に釣られて、仲間と一緒に引き受けたことがあるんだ」

あれこれと、カルバンさんが若い頃の思い出話をする。

行商人を始めたのは十年ほど前で、それまではずっと仲間とともに専業冒険者をしていたそうだ。

街にあるギルドに登録し、畑を荒らす害獣の討伐案件から迷子になったペットの捜索まで、なんでもやっていたらしい。

「東の火山地帯にいる、『溶岩竜』っていうドラゴンの皮が欲しいって依頼がギルドに出ていてさ。報酬がよかったから、皆で取りに行ったんだよ」

「溶岩竜ですか。名前からして恐ろしいですね」

「恐ろしいなんてもんじゃないぞ。溶岩を食べるドラゴンで、縄張り意識がすごく強くてな。侵入者には口から超高温のガスを吐き出して襲いかかるんだ。ガスに触れたら、全身あっという間に炭化しちまう」

「そ、それはヤバイっすね……皮は取れたんですか？」

「おう、なんとか拾ってこられた。夜中に皆で地面に這いつくばってさ。いびきをかいて寝てる溶岩竜の脇を通って、寝床に落ちてた皮をナイフで必死になって削り集めたよ。見つかったらまず死ぬから、生きた心地がしなかったな」

「冒険者って大変なんですね……」

「刺激があって楽しいけどな。まあ、死んだり大怪我する奴も多いし、収入も安定しないし、あんまりお勧めできる職業じゃないかな」

そんな話をしながら、俺たちは歩き続けた。


夕方までそのまま歩き、山道の開けた場所でキャンプの準備に取りかかることになった。

カルバンさんが荷物を地面に置き、一息つく。

「これだけいるし、手分けして進めようや。男連中は薪拾いと食材集め。女連中はかまどと料理の準備でどうだ？　天気もいいし、寝床作りはそのあとでもいいだろ」

異議なし、と皆が頷く。

ちなみに、女性の数は二十人ほどだ。

最年長はカルバンさんたちのようで、ほかは皆二十代から三十代前半くらいに見える。

「コウジ、私も一緒に薪集めがいい。キノコと山菜も採りたいから」

隣にいたチキちゃんが、俺の袖を引っ張る。

「うん、いいよ。ノルンちゃん、あとのことお願いできる？」

「はい。立派なかまどを作っておきますですよ！」

「ありがと。それじゃ、行ってきます」

「行ってらっしゃいませ！」

ノルンちゃんに見送られ、俺とチキちゃんは森へと入った。

「よいしょ。結構落ちてるもんだな」

手頃な太さの枯れ枝を拾い、手で持って踏みつけ、半分に折る。

枝はあちこちに落ちているのだが、かさばるし重いしで、一度にたくさんは運べなさそうだ。

チキちゃんはというと、俺から少し離れた場所にうずくまっていた。

ひょいひょいと、なにかを袋に放り込んでいるようだ。

「チキちゃん、なにを拾ってるの？」

「キノコ。ヤマドリタケがあったから」

そう言うチキちゃんの前には、たくさんのキノコが生えていた。

カサが茶色くて、ずんぐりむっくりした大きなキノコだ。

「食べられるキノコって、簡単に見つかるものなの？」

「うん。あちこちに生えてるよ」

枝を抱えて、チキちゃんに歩み寄る。

「へー」

ビニール袋には、すでにかなりの数のキノコが入っていた。

どれも肉厚でカサも大きく、食べ出がありそうだ。

「ヤマドリタケだっけ？　これって、美味しいの？」

「うん。網焼きとか串焼きにして食べると美味しいよ」

「そうなんだ。それは楽しみだ」

シイタケやエリンギなど、俺はキノコ類は大好きだ。

美味いと言われると、テンションが上がってしまう。

ほかにもないかと周囲を見回すと、すぐ近くに大量のキノコが生えていた。

「おっ！　チキちゃん、ここにもたくさん生えてるよ！　ヤマドリタケだ！」

「それはドクヤマドリ。食べられないよ」

俺の指さす先をちらりと見て、チキちゃんが言う。

「えっ、ダメなの？　見た目がそっくりなんだけど……」

俺からしてみれば、どちらも同じキノコにしか見えない。

「そっくりだから、ドクヤマドリって呼ばれているの。危ないから、食べちゃダメ」

「……違いが全然わからん」

しゃがみ込んで、じっくりと観察してみる。

先ほど見たヤマドリタケと、まるっきり同じに見える。

「それじゃあ、あそこの倒木にたくさん生えてるのは？」

「あれはニガクリタケ。毒キノコだから食べちゃだめ。それの隣に生えてるやつはクリタケだから、食べられるよ」

「よく一目でわかるね」

「私、もともとキノコだったから」

なんで元キノコだとわかるのかは謎だが、キノコ関係についてはなんでもわかるようだ。

スーパーでシイタケを買ってきてくれたときも、『美味しいやつはすごく元気』とか言ってたし、きっと俺にはわからないなにかがあるのだろう。

そのあともチキちゃん指導のもと、たくさんのキノコをビニール袋に詰めていった。

「そういえばさ、宿で魔法を教わってたじゃん？　もう使えるの？」

「うん。水が出せるようになったよ」

「おお、それはいいね。飲める水？」

「うん、大丈夫。飲めるよ」

「なら、喉が渇いてきたし、飲ませてもらってもいい？」

「いいよ。コウジ、こっち来て」

チキちゃんの言うとおり、近くに寄る。

「口を開けて」

「えっ、直飲み？」

「コップないでしょ？　手も汚れてるし」

「確かに」

あーん、と口を開く。

そこに、チキちゃんが人さし指を差し入れた。

なんというか、絵面が少しまずい気がしないでもない。

「水の精霊さん、少しだけお願い」

チキちゃんがそう言った途端、ちょろちょろと指先から水が流れ出た。

温めのお湯だ。

少しだけ酸味がある気がする。

「んぐっ、んぐっ……ぷはっ！　もういいよ、ありがとう」

「うん」

「少し酸味がある水なんだね。なんだか温かかったし」

「温泉だからだと思う。私、温泉の精霊さんと相性がいいみたいなの」

「えっ、手から温泉が出せるの⁉　すごくない⁉」

「そうなの？」

「そうだよ！　だって、家にいながら温泉入り放題になるわけでしょ？　とんでもなく便利だよ！」

「コウジ、嬉しい？」

「超嬉しい！」

「やった」

ぐっと、チキちゃんが両手を胸の前で握る。

家事は完璧でこの世界の知識も豊富、そのうえ可愛くて温泉まで出せる。

なんだこの完璧超人は。

「じゃあ、コウジの家に帰ったら、お風呂に温泉出してあげるね」

「期待してるよ。あ、でも、無理はしないようにね？　魔法って使うと疲れるみたいだし」

「うん、大丈夫。疲れない程度に出すから」


薪拾いとキノコ採取を切り上げ、キャンプ地へと向かう。

途中、チキちゃんが草むらの中からワラビを見つけたり、地面を這っていたヘビを捕まえたりして、大量の食材を確保することができた。

「コウジさん、チキさん、おかえりなさいませ！」

森から出て来た俺たちに、ノルンちゃんが駆け寄ってきた。

すでにほかの男たちは戻って来ているようで、キャンプ地の中心からはたき火の煙が立ち上っている。

「ただいま。キノコとか山菜とか、どっさり採って来たよ」

「ヘビも見つけたよ」

はい、とチキちゃんが右手に持ったヘビを差し出す。

ヘビは首根っこを押さえられて、ぐえ、と口を開いていた。

「わわっ、ヘビですか！　チキさん、捌けるのですか？」

「うん、できるよ。串焼きとスープにするね」

「それは楽しみなのです！　期待してますね！」

戦利品を手に、皆が集まっているかまどへと向かう。

少し大きめの石を円状に並べて、両脇にY字の枝を立てたものだ。

ほかの人たちから薪を分けてもらったようで、パチパチと火が立っていた。

「うわ、すごい量のキノコを採ってきたな。ヘビまで捕まえたのか……ていうか、変わった袋だな」

戦利品を地面に置いていると、カルバンさんが寄ってきた。

「たくさん生えてましたよ。カルバンさんは採って来なかったんですか？」

「いや、間違えて毒キノコなんて食べた日には死ぬからさ。採らないことにしてるんだ。これ、本当に全部食べられるキノコなのか？」

ガサガサと、ビニール袋を漁るカルバンさん。

「チキちゃんが採ったものだから大丈夫ですよ。彼女、キノコのことならなんでもわかるので」

「ううむ、そうは言ってもなぁ……」

カルバンさんは心配そうだ。

確かに、毒キノコと食用キノコの判別は難しかったし、気持ちはわかる。

「心配なら、私が先に食べてみるですよ。身体に取り込めば、毒が入っているかどうかは、すぐにわかりますので」

はい、とノルンちゃんが手を挙げる。

「ほう、女神様ってそんなこともできるのかい？」

「はい。私は栽培の女神ですので、そういったことは得意中の得意なのです」

「そうか。女神様がそう言うなら安心だな」

そんなこんなで、調理に取りかかることになった。

キノコに関しては、すべてのもののカサを少しだけ切り取って、まとめて炒めたものをノルンちゃんに食べてもらった。

当然ながらすべて無毒だったので、皆さんにお裾分けすることにした。

「はふはふっ……んぐっ。このキノコ、すんごく美味しいですね！　最高ですね！」

ヤマドリタケの串焼きを頬張り、ノルンちゃんの表情がとろけたようになる。

味付けは、塩と醤油だ。

風味がよくて、とんでもなく美味い。

「うん、これは美味しいね。こんなに美味いキノコがあったなんて知らなかったよ」

「よかった。たくさんあるから、どんどん食べて」

キノコを刺した串をたき火に斜め挿しにしながら、チキちゃんが薄く微笑む。

火が立ったままのたき火で炙ると黒コゲになってしまうので、鎮まった火（熾火）を使っている。

鍋と金属ケトルも火にかけている。

灯りは、傍らに置いたたき火グリルだ。

せっかくノルンちゃんが立派なかまどを作ってくれたので、あえてグリルではなくたき火を使って調理している。

俺が奇跡の光を出してもよかったのだが、あれは明るすぎて場違いな気がしたので、やめておいた。

「はい、ヘビも焼けたよ」

「おお、ありがとう。ヘビなんて初めて食べるな……」

長い木の枝に刺された焼きヘビを受け取り、一口齧る。

パリパリしていて、塩が利いていてなかなかに美味い。

「コウジさん、私も、私も！」

「はいよ」

「いただきます！」

渡されるやいなや、ノルンちゃんがヘビにかぶりつく。

「むぐむぐ……んっ、これも美味しいですね！」

「なんだか鶏肉みたいな味だよね」

「あ、そうなんですか。私、まだ鶏を食べたことがないもので」

「ああ、そうだったっけ」

「はい、スープもできたよ」

チキちゃんが紙のお椀にスープを注ぎ、割り箸と一緒に渡してくれた。

ヘビの出汁が利いた、山菜とキノコがたっぷり入った塩スープだ。

チキちゃんもなにも食べていないわけではなく、先ほどからキノコの串焼きをもりもり食べている。

持参した食料にはまったく手を付けていないのだが、今日はキノコとヘビと山菜で大満足だ。

そのあともわいわいと騒ぎながら、俺たちは楽しく食事を続けた。

食後。

俺はリュックから、本日一番楽しみにしていたものを取り出した。

キャンプの定番、コーヒーだ。

本当はパーコレーター（お湯を沸かすのとコーヒーを抽出するのを同時に行える金属ポット）を持って来たかったのだが、かさばるのでドリップバッグコーヒーを買ってきた。

紙コップにドリップバッグを設置し、たき火にかけていた手鍋からお湯を注ぐ。

「コウジ、それなに？」

「あっ、コーヒーですね？　キャンプといえばコーヒーですよね！」

「コーヒー？」

聞いたことのない単語に、チキちゃんは小首を傾げている。

ノルンちゃんは瞳をきらきらと輝かせ、待ちきれない様子だ。

「うん。苦いけど美味しいよ。はい、どうぞ。熱いから気を付けて」

「うん」

チキちゃんが紙コップを受け取り、鼻を近づけた。

「……いい香り」

コーヒー豆の香ばしくも優しい香りに、チキちゃんが頬を緩める。

「なんというか、ほっとする香りですよね！」

「だよね。ミルクと砂糖もあるけど、ふたりともどうする？」

「私はこのままで大丈夫です！」

「私もこのまま飲んでみる」

ふたりして、ふうふうと冷ましつつコーヒーを口にした。

「はあぁ……美味しいですぅ……」

ノルンちゃんが紙コップを大事そうに両手で持ち、しみじみと言う。

本当に、なんでも美味しそうに味わう娘だ。

チキちゃんは口に合わなかったのか、顔をしかめている。

「……苦い」

「あらら。ほら、貸してごらん」

スティックシュガーとミルクを加えて、チキちゃんに返す。

今度は大丈夫だったのか、黙って少しずつ飲んでいた。

「なんだかいい香りがするが、それなんだ？」

「私たちにもちょっと飲ませて！」

三人でマッタリしていると、近くにいた人たちが集まって来た。

まだお湯とドリップバッグはあったので、彼らにも一杯ずつ手渡した。

そうしているうちにキャンプ中の全員が集まってきて、皆でわいわいとコーヒーの回し飲みが始

まった。

　そうしてしばらく過ごし、夜も更けてきたので寝ることになった。

　皆、地面に敷いたマントや敷き布の上に雑魚寝するようだ。

「ではでは、寝床を作りますね！」

　今度はノルンちゃんの両手が蔓に変化して、ドーム状のテントのような形になった。

　そこからさらに蔓が伸び、ネット状のベッドが三つでき上がる。

　髪の毛が伸び、しゅるしゅると編み上がってブランケットが三つ作られた。

　この間、約十分である。

「おー、すごいな。あっという間だ。寝てみてもいい？」

「どうぞどうぞ！」

　ベッドに上がり、横になる。

　なかなかに寝心地がよく、これなら安眠できそうだ。

　地面に寝転ぶのとはえらい違いだろう。

「ノルン様すごいね。これ、全部ノルン様の身体なんでしょ？」

　チキちゃんがベッドに座り、置かれているブランケットを撫でる。

　ブランケットはノルンちゃんの髪の毛につながっており、それぞれから二本の蔓が、彼女の頭に伸びていた。

「はい！　朝になったら、またもとの身体に戻すのでゴミも出ないのです。片付けも一瞬ですよ！」

ノルンちゃんもベッドに寝転ぶ。

自分の身体に寝転ぶって、どういう感覚がするのだろうか。

「今さらだけどさ、これ作るのってかなり疲れるんじゃない？」

「そうですね。でも、コウジさんが寝転んでいてくれれば、そのうち回復するのですよ」

「そのうち？　俺が蔓に触れているのと地肌に触れているのって、なにか違いがあったりするの？」

「変異後の身体だと、神力の吸収率がガクっと落ちるんです。ぎゅって素肌に抱きついているのとは、だいぶ違います」

「そうなんだ」

ブランケットを被り、天井を見上げる。

蔓がみっちりと折り重なっていて、これなら雨が降っても大丈夫そうだ。

「やっぱり、今度日本に戻ったらテントを買ってくるか。毎回ノルンちゃんにお願いするのも、なにか悪いしさ」

「いえいえ、そんなことはないですよ！　でも、テントを使ってキャンプというのも、一度体験してみたい気もします」

「よし。じゃあ次に戻ったら、テントを買おう。三人になったから、荷物も増やせるしさ」

「私、頑張って運ぶね」

そんなこんなで、それからも俺たちは三十分近くぐだぐだと話し続けていた。

翌日、昨晩の残り物で朝食を済ませた俺たちは、再びドワーフの里へ向けて歩き出した。

半日ほどハイキングを楽しみ、太陽が真上に差しかかった頃、半壊した作業小屋や、崩れた坑道の入口があちこちにある場所に到着した。

小柄な男が数人、壊れた小屋を解体している。

「うわ、めちゃくちゃですね。お家が倒壊してます」

酷い惨状に、ノルンちゃんが顔をしかめる。

「これは酷いね。無事な家が一軒もないや……とりあえず、声をかけてみるか」

皆でぞろぞろと、瓦礫の間を進んでいく。

作業をしている人たちも、俺たちに気付いて顔を上げた。

「すみません、ここってドワーフの里でしょうか?」

「ああ、そうだよ。にいちゃんたち、討伐隊かい?」

一番近くにいた中年男が振り向いて答えた。

背は低く髭もじゃで、筋骨隆々だ。

アニメや映画で見るような、ザ・ドワーフといった出で立ちだ。

「はい。ストーンドラゴンを退治しに来ました」

「そうかい。まあ、死なないように頑張りな。あんたらで討伐隊は五組目だが、ほかの奴らは全員ズタボロにやられちまったからな」

「ストーンドラゴンって、そんなに強いんですか?」

「強いどころの話じゃないよ。身体はよくわからん鉱石で覆われているわ、口からは石つぶてを吐き出してくるわ、動きはとんでもなく速いわで、どうにもならん」

ドワーフのおじさんが、手に付いた砂ぼこりを払いながら俺に近づいてきた。

「とはいえ、こっちも困っているからよ。討伐隊は大歓迎だ。にいちゃんは戦士には見えないが、後ろの連中の雇い主かい？」

「いえ、そういうわけじゃ。旅人の宿で意気投合しちゃって、ノリと勢いで一緒に来ることになっちゃって」

俺が言うと、後ろにいたカルバンさんが俺の肩に手を置いた。

「ま、大船に乗ったつもりでいてくれや。このにいちゃんたちはすげえんだぞ。なにしろ、あのグリードテラスを退治しちまったんだからな」

「なに、そりゃ本当か？」

ドワーフのおじさんが、驚いた顔で俺を見る。

「まあ、一応本当です。倒したのは俺じゃなくて、そっちにいるノルンちゃんなんですけどね」

俺の台詞に、皆の視線が隣のノルンちゃんに集まる。

「はい！　私に任せていただければ、ちょちょいのちょいで退治してみせますよ！」

「ほう。ということは、緑のお嬢さんは魔法使いかい？」

「いえいえ、私は女神なのです。栽培を司っているのですよ」

「は？　女神？」

ドワーフのおじさんが、ぽかんとした顔になる。

「ノルンちゃん、なにかして見せて。わかりやすい感じで」

「了解です！」

言うやいなや、ノルンちゃんの足が複数の木の根に変異した。

ドスドスと鈍い音を立てて、根が地面に突き刺さる。

数秒置いてから、地響きとともに周囲の地面から大量の根っこが飛び出した。

根っこの先端が分裂し、メキメキと音を立てながら、俺たちを覆う木の根のドームができ上がっていく。

ドワーフのおじさんは、あんぐりと口を開けてその光景を見ていた。

「こんな感じでよろしいですか？」

「うんうん、ばっちり。ところで、このドームはなにをイメージして作ったの？」

「落石とかに遭遇したとき用のシェルターをイメージしてみたですよ。大岩とかじゃなければ、防げるはずです」

「なるほど、確かにこれなら安全そうだね」

俺たちが話していると、ドワーフのおじさんがノルンちゃんに顔を向けた。

「じょ、嬢ちゃんすごいな。これなら、もしかしたらストーンドラゴンも退治できるかもしれないな」

「ふふん。私にかかれば、ドラゴンの一匹や二匹、物の数ではないのです！」

「しかし、こんなに強い嬢ちゃんがいるなら、別に後ろの連中は必要ないんじゃないか？　退治した褒賞金の分け前が減るだけだぞ」

ドワーフのおじさんの台詞に、カルバンさんたちからどよめきが起こった。

「しまった。ギルドから正規の依頼を受けていないから、討伐しても褒賞金が貰えねえぞ」

「もったいないから、いったん戻って依頼を受けてくるか？」

「街まで戻るってなると、だいぶ面倒臭いな……翼人がいれば、ひとっ飛びで行って来てもらうんだけどなぁ」

あー、と頭を抱えている討伐団の面々。

どうやら、討伐の報酬を貰うには手続きが必要なようだ。

八十人近くいて、誰もそのことに気付いていなかったというのがヤバイ。

鳥人さんたちも、皆と同じように鳥頭を抱えている。

手首から脇の下にかけて翼があるように見えるのだが、ダチョウと同じように飛べない鳥なんだろうか。

「事後報告じゃダメなんですか？　ドラゴンの死骸を持っていけば、倒したってわかると思うんですが」

俺の質問に、カルバンさんが首を振る。

「いや、それもダメなんだよ。ほかの奴らが受注したのと被ったら喧嘩になるからな。ひとつの依頼は、基本的にひとつのパーティで受けるってことになってる。受注者以外が討伐しても、報酬は出ない」

「あー、それもそうですね。じゃあ、勝手に倒しちゃうのもまずいんですか？」

「受注してるパーティがいたら迷惑をかける可能性があるから、あんまりよくないな。でもまあ、別にいいだろ。勝手に倒しちゃダメって決まりはないし」

「ここのドワーフさんたちに、直接交渉するっていうのは？」

俺がドワーフのおじさんに目を向ける。

おじさんは、いやいや、と手を振った。

「俺たちもギルドに依頼している手前、勝手に取引きしちゃまずいんだよ。バレたら二度とギルドに仕事を頼めなくなるからな」

「そうですか……カルバンさん、タダ働きになっちゃいますけど、どうします？」

「もちろん手伝うぞ。ドラゴンの死体さえ分けてもらえれば、鍛冶屋とか、どっかの金持ちとかが買ってくれるだろうし。結構な額になるだろ」

「そっか。そんじゃ、死体を山分けってことで」

「おうよ。皆もそれでいいか？」

いいぞー、と皆が返事する。

もともとノリでついて来た人たちが大半なので、その辺はハナから気にしていなかったのだろう。

まあいいか、くらいにしか思っていないようだ。

「そのストーンドラゴンって、今どこにいるかわかります？」

「そこらにある穴をたどっていけば、たぶん見つかるよ。見つかった途端に、轢き潰されると思うけどな」

「そ、それは勘弁願いたいですね……」

「ああ、やめておいた方がいい。宝石を使えばおびき出せるんだが、お前さんたち持ってるかい？」

「え、宝石ですか？」

「そうだ。ストーンドラゴンは鉱石も食うが、宝石が大好物みたいでな。穴の入口にでも置いておけば、そのうち食べに出てくるぞ」

「なるほど……誰か、宝石を持っている人はいますか？」

俺が振り返って聞くが、誰ひとり手を挙げる者はいない。

まあ、もし持っていたとしても、そんな高価なものを餌として使わせてくれる人なんて、まずいないだろう。

「んー、どうしようか。困ったな」

「まあ、ここで待っていれば、残った鉄鉱石を食べに出てくるかもしれない。二日前にも夜中に穴から出てきて、坑道を漁っていたしな。この辺で野営してもいいですか？」

「じゃあ、そうしますかね。何日か待ってみたらどうだい？」

「ああ、いいよ。この先に俺らの里がある。川も流れているから、水はそこで汲むといい。なにかあったら、遠慮なく声をかけてくれ」

「ありがとうございます。俺、コウジっていいます。しばらくの間、お邪魔させてもらいます」

「俺はロコモコだ。まあ、怪我しないようにな」

俺が差し出した手を握り返してくれるロコモコさん。

ハンバーグ丼みたいな名前で覚えやすいな。

なにかあったら、彼に報告するとしよう。


「はー、食った食った。悪いな、ご馳走になってばっかりで」

カルバンさんが、ぽっこりと膨れたお腹を擦る。

先ほどまで、俺たち三人と一緒に夕食を食べていたのだ。

今日の夕飯はグリードテラスの生肉と、缶詰のクラムチャウダーだった。

カルバンさんは俺の持って来た食べ物、特にグリードテラスの肉がいたく気に入ったようで、自分の携行食そっちのけでがっついていた。

「カルバン、コーヒー飲む？」

チキちゃんが紙コップにコーヒーを淹れて、カルバンさんに差し出した。

黙っていてもせっせと動いてくれて、本当に気の利くいい娘だ。

「お、悪いな。ありがとよ」

「チキさん、私にも！」

「うん、ちょっと待ってて」

四人でコーヒーを飲みながら、食後のマッタリした時間を過ごす。

せっかくなので、行商人をしているカルバンさんならこの世界のことにも詳しいだろうと、あれこれ話を聞いてみた。

それによると、今俺たちがいる地域には都市国家というものが複数存在しているが、明確な国境というものはないらしい。

都市国家はいわゆる巨大な街で、『代表』と呼ばれる人々によって運営されている。

それぞれの街にはさまざまな種類のギルドがあって、そこに行けばいろいろと情報を得られるとのことだ。

ここから一番近いのは、天空都市カゾという場所らしい。

「なるほど。名前のとおり、カゾは空飛ぶ島に造られた都市なんですか」

「ああ。島に渡るのがちょいと面倒だが、行ってみる価値はあるぞ」

「この間、露天風呂に入ってるときに話してた天空島っていうのも、そこにあるんですか？」

「そうだ。カゾの観光組合で渡航チケットを買えば渡れるよ。確か、ひとり大金貨三枚だったかな」

「か、かなり高いっすね……」

「だよな。俺も行く前は、正直二の足を踏んだよ」

この世界のバグ情報を集めるためにも、天空都市カゾには行く必要がありそうだ。

この世界にバグがどれだけあるのかも把握できていない状態なので、すべての大都市に立ち寄って情報収集せざるをえない。

渡航チケットの値段の高さに俺が苦笑いしていると、ノルンちゃんが、はい、と手を挙げた。

「その天空島って、観光地なんですか？」

「そうだよ。景色もそうだが、生き物やら建物やらが、とにかくとんでもなく美しい島なんだ。あそこは、生きているうちに一度は行った方がいいぞ」

「そうなんですか！　コウジさん、行ってみましょう！」

ノルンちゃんの言葉に俺が頷いていると、カルバンさんが「ところで」と身を乗り出した。

「お前らの持ってるコーヒーだけどさ、それってどこで手に入れたんだ？　情報料は出すから、なんとか教えてくれないか？」

　昨日、皆にコーヒーを振る舞ったとき、ほぼ全員から「どこで手に入れた？」と質問攻めにあった。

　別の世界から来たと言っても信じてもらえない、というより説明が面倒臭いことになるのは確実だったので、秘密のルートから手に入れたということにして誤魔化したのだ。

「うーん、そうは言ってもですね……」

「入手先を教えるのが無理なら、俺にいくらか卸してくれないか？　作るのは簡単だし、香りはいいし、街で売り出したらバカ売れすると思うんだよ」

「あー、なるほど。カルバンさん、行商人ですもんね」

「ああ。情報をくれるなら、大金貨二枚出すぞ。どうだ？」

「うーん……」

「コウジさん、ちょっとこっちに来るですよ」

俺が困った顔をしていると、ノルンちゃんが俺に手招きをした。

カルバンさんに断りを入れ、ふたりで席を立つ。

チキちゃんも気になったのか、一緒についてきた。

カルバンさんから十メートルほど離れ、三人で背中を丸めて内緒話をする。

「コウジさん、お金儲けのチャンスですよ！　私がコーヒーの木を育てるので、コーヒー豆をカルバンさんに売りつけるですよ！」

「作るって、まさかコーヒー農家をやるってこと？」

「はい！　カルバンさんにコーヒー豆を売ってぼろ儲けなのです！」

ノルンちゃんが目を＄マークにして言い切る。

いい案だとは思うけど、いくつか問題もあるような気もする。

「でもさ、コーヒー豆の収穫時期とかもわからないし、加工方法も全然知らないよ。ノルンちゃんは知ってるの？」

「う……し、知らないです……」

ノルンちゃんががっくりと肩を落とす。

「そしたら、今度もとの世界に戻ったときに調べてからにしようよ。今すぐには無理だよ」

「コウジ、それよりも、インスタントコーヒーをたくさん買ってきて、それをカルバンに売った方が早いよ」

豆から作ろうとしている俺たちに、チキちゃんが提案する。

「インスタントコーヒーをカルバンに売って、手に入った金貨を今度は日本で売って、そのお金でまたインスタントコーヒー買えばいいんだよ。無限に増やせるよ」

「ああ、それいいね！　インスタントコーヒーならパッケージされてるし、保存も利くもんね！」

「おおう……確かに、それなら加工や収穫の手間もかからないですし、お手軽なのです。まさに錬金術なのですよ……」

よし、そうしよう、と話はまとまり、俺たちはカルバンさんのもとへ戻った。

「話はまとまったかい？」

「はい。仕入れ先は教えられませんけど、カルバンさんにコーヒーを売ることはできますよ」

「おお、本当か！　じゃあ、ストーンドラゴン退治が終わったらすぐにでも――」

「あ、いや、それがいつ手に入るのかはまだわからなくて。手に入ったら売りますから、それまで一緒にいてもらってもいいですかね？」

俺が提案すると、カルバンさんが怪訝な顔になった。

「いつになるかって……取引き先に聞いたりはできないのか？」

「えーと……それがちょっと訳ありでして」

「カルバンさん、細かいことは言いっこなしなのです！　私たちはコーヒーを売る。カルバンさんはなにも聞かずに買う。それでいいではないですか！」

ノルンちゃんが勢い込んで言う。

カルバンさんは納得がいかないのか、心配そうだ。

「そりゃ構わねえけどよ……盗品だったり、犯罪行為をして手に入れてたりはしないよな？　こちとら、危ない橋を渡ってまで商売する気はねえぞ？」

「いえいえ、悪いことなんて一切していないのですよ。ご安心くださいませ！」

「ふむ……まあ、女神様が犯罪に加担するような真似をするわけはないか。よし、その条件でいいぞ。代金については、現物が手に入ってから相談しようや」

「かしこまりました！　コウジさん、やりましたね！　これでお金の心配はしなくてもよくなりそうです！」

ノルンちゃんが満面の笑みを俺に向ける。

すぐにとはいかないが、これで金銭面での苦労はしなくても済みそうだ。

前回、前々回と、グリードテラスを退治したり感染症事件を解決したりしたあとで日本に戻ることができたので、ストーンドラゴンを退治したら現世に戻ることができるかもしれない。

いつでも好きな時に現世に戻れるのならいいのだが、ノルンちゃんがそれを提案しないということは、おそらくそれもバグのせいなのだろう。

「よし、交渉成立だな！　よかった、よかった」

カルバンさんはニッと笑うと、どっこいしょと立ち上がった。

「さてと。ちょいと催してきたんで、ションベンしてくるわ」

「あ、俺も行きます。コーヒーを飲むと、おしっこが近くなるんですよね」

「なに、コーヒーにはそんな効果があるのか？　身体に悪いもんが入ってたりはしないだろうな？」

「それは大丈夫です。利尿作用と眠気覚ましの効果があって、身体にもいい飲み物なんですよ」

「へえ、そうなのか。そっちのおふたりさんも一緒に行くかい？」

カルバンさんが、ノルンちゃんとチキちゃんに冗談めかして言う。

「女神は排泄しないのですよ。エネルギー変換効率百パーセントなのです。あと、そういうことを女性に言うものではないのですよ」

「カルバン、最低」

ふたりが生ゴミでも見るような目をカルバンさんに向ける。

「じょ、冗談だって！　ほら、行こうぜ！」

カルバンさんに腕を掴まれ、俺は苦笑しながら立ち上がった。


野営地から離れ、俺たちはストーンドラゴンが開けたという大穴へとやってきた。

夜の闇も相まって、大穴はまるで奈落のようだ。

「ったく、なにもあんな目で見なくてもいいじゃねえか。なあ？」

カルバンさんがズボンのボタンに手をかける。

「いや、さすがにあれはカルバンさんが悪かったですよ。冗談を言うにしても選ばないと」

俺もズボンに手をやり、ふたりして大穴へと用を足し始めた。

ちょろちょろと、水音が辺りに響く。

「そこまで気を遣わなきゃいけないのか？　俺の地元の女どもだったら、一度乗ってから引っ叩くくらいしてくれるぞ」

「そ、そうなんですか。でも、若い女性にはもう少し気を遣って……ん？」

そのとき、カルバンさんが用を足している先から、『カチン』となにかが岩にぶつかるような音が聞こえた。

「うお！　今、ションベンと一緒になにか出た感触があったぞ⁉」

「あ、尿路結石ってやつじゃないですか？　お腹が痛くなったのって、たぶん石が原因だったんですよ」

「マジか！　俺の体の中に石が入ってたのか⁉」

「ええ。そういう病気が――」

俺がそう言いかけたとき、足元の地面が突然激しく揺れ出した。

「グオオオオオ‼」

「「ぎゃあああ⁉」」

次の瞬間、大穴の中から、巨大な黒い塊が轟音とともに飛び出してきた。

「ひいいい！　助けてえええ‼」

「結石を出したらドラゴンも出て来たぞおおお！」

激しくのた打つような動きで地面を這いながら、巨大な黒いヘビ、もとい、ストーンドラゴンが、口からめちゃくちゃに石つぶてを吐き出していて、ひゅんひゅんと俺たちの身体をかすめて、いくつも飛んでいく。

どれもこぶし大の大きさで、当たったらタダでは済まなそうだ。

「ちょっ、なんで追われてるんですか⁉」

大慌てで逃げる俺たちの頭上を、ノルンちゃんの腕から伸びた蔓が飛び越えていく。

ぎゅるん、と蔓がストーンドラゴンの全身に巻き付いた。

長さ二十メートル、高さ三メートルほどの大きさの、石のヘビのような見た目だ。

「おわっ⁉　なんだありゃ⁉　ストーンドラゴンか⁉」

「こっちだ、急げ‼」

「おーい！　ストーンドラゴンが出たぞー！」

野営地にいた皆が、騒ぎに気付いて武器を手に集まってきた。

ノルンちゃんは顔を真っ赤にして、必死でストーンドラゴンを押さえつけている。

「ぐぎぎ……皆さん、私が動きを止めている間にやっちゃってください！」

「よっしゃ！　行くぜ、お前ら！」

「思ったほどでかくないぞ！　やっちまえ！」

剣や斧を手にした討伐団の面々が、一斉にストーンドラゴンへと飛びかかった。

ガキン、という金属音が、振り下ろされた剣や斧から響く。

当たった瞬間、火花が散り、攻撃が弾き返された。

「ダメだ、全然歯が立たないぞ！」

「硬すぎる！　こんなのどうやって倒せばいいんだ⁉」

攻撃を弾かれながらも、皆が必死にストーンドラゴンに切りかかる。

だが、外皮があまりにも硬すぎて、まったく効いている様子が見られない。

「うぎゃあ⁉　私の蔓を切らないでくださいませ！」

「うわっ⁉　す、すまん！」

「皆、蔓に当ててるんじゃないぞ！　嬢ちゃんの身体の一部だ！」

蔓でがんじ搦めのストーンドラゴンを取り囲み、討伐団の皆が騒ぎ立てながら攻撃を続ける。

蔓のおかげでストーンドラゴンはほとんど身動きが取れず、地鳴りのような咆哮を上げながら、うねうねともがいている。

「コウジ、大丈夫⁉」

転げるようにして逃げ戻った俺に、チキちゃんが駆け寄ってきた。

「な、なんとか。それより、ストーンドラゴンは――」

「んぎぎぎ！　すんごいバカ力ですよ、これ！　早くー！」

ノルンちゃんが歯を食いしばって、ストーンドラゴンを押さえつけている。

胴体を樹木に、足を木の根に変異させ、地面に根を張り巡らせて身体を固定させていた。

どうやらフルパワーのようだが、押さえつけるので精一杯の様子だ。

皆がひたすら攻撃を続けているが、ストーンドラゴンはびくともしない。

「チキちゃん、水の魔法で攻撃してみて！　思いっ切り浴びせかける感じで！」

「うん！」

チキちゃんは頷くと、ストーンドラゴンに向かって両手を向けた。

「精霊さんたち、お願い！」

チキちゃんの手のひらから、猛烈な勢いで水が飛び出した。

水はストーンドラゴンの顔面に直撃し、盛大な悲鳴が響き渡る。

それと同時に、蔓からぶちぶちという音が聞こえ出した。

「いだだだ⁉　腕がちぎれちゃいますううう！」

「ちぎれるの⁉　蔓を引っ込めて‼」

俺が言うと、ノルンちゃんの蔓がしゅるしゅると彼女の腕に戻って行った。

ストーンドラゴンは叫び声を上げながら、もと来た道をすごい勢いで逃げ戻った。

「うえーん、痛いですよお……」

人間のそれに戻ったノルンちゃんの腕はズタボロで、腕やら指やらがちぎれかかって酷い有様だ。

どくどくと大量の血が、傷口からあふれ出している。

チキちゃんがそれを見て、「ひっ」と小さく悲鳴を上げた。

戦っていた人たちも、ノルンちゃんを心配して集まってきた。

「あわわ、ど、どうしよう、それ⁉」

「いたた……コウジさんに引っついていれば、すぐ治るのですよ。ぎゅってしてください」

「う、うん」

なるべく傷に触れないようにしながら、ノルンちゃんを抱き締める。

とはいえ、相当痛いらしく、ノルンちゃんは「痛いー」と繰り返していた。

「おい、大丈夫か⁉　……って、なにやってんだ、お前ら？」

痛いと連呼している傷だらけのノルンちゃんを抱き締めている俺を見て、カルバンさんが怪訝な顔になる。

「いや、彼女の場合、こうしていると治るんですよ」

「なにバカなことを言ってんだ。さっさと止血しないと失血死するぞ？」

「本当ですって。ほら、血が止まり始めたでしょう？」

俺がノルンちゃんの腕に目を向ける。

だくだくと流れるように出ていた血は、徐々に収まってきていた。

よく見てみると、傷口がゆっくりとうねって修復されている。

すさまじい回復力だ。

「うお、本当だ。すげえな、コウジって回復魔法が使えるのか？」

「いえ、これはノルンちゃん限定です。俺と引っついていると、俺から神力とかいうのを補充できるらしくって、それで回復するんだとか」

「そうなのか。でも、それを吸い取られてるコウジはなんともないのか？」

「別になんとも。吸われたからって、なにがどうなるって話も聞いてないですし。ね、ノルンちゃん？」

「はい。魂への影響は微々たるものですので、理想郷への移住が決まっているコウジさんには問題ないのですよ」

「……ん？」

なにやら不穏な言葉が聞こえた気がしたので、ノルンちゃんから少し身体を離して彼女の顔を見る。

ノルンちゃんは、きょとんとした顔つきだ。

「どうかしましたか？」

「いや、今、魂への影響は微々たるものとかなんとかって聞こえたんだけど」

「はい。言いましたが？」

「それって、なにか代償が存在するってこと？」

「それはもちろん……あ、すみませんが、カルバンさんたちはいったん離れていていただけませんか？」

「お、おう」

ノルンちゃんにうながされ、カルバンさんたちがぞろぞろと離れていく。

残ったのは、俺、ノルンちゃん、チキちゃんだ。

皆が十分離れたことを確認し、ノルンちゃんが俺に顔を向けた。

「えっとですね、私がコウジさんから神力を急激に摂取させてもらう際は、コウジさんの魂のエネルギーを変換して吸わせていただいているのですよ。魂を燃料源にして、神の奇跡を行使しているのです」

「魂を燃料って……本当に大丈夫なの？　魂のエネルギーって、無限じゃないんでしょ？」

「はい。使い切ると、その人は現世で言うところの『死んだ状態』になります。寿命を使い切ったことになりますね」

「いや、それって全然大丈夫じゃなくない？」

「そんなことはないですよ。理想郷に移住する際は転生扱いになって、そのあとは何度死んでも記憶を保持したまま輪廻することができる特異な存在になります。転生すれば魂のエネルギーはリセットされるので、現時点でのコウジさんの寿命は関係なくなるのですよ」

どうやら、理想郷の修復が終わったらどのみち今の人生は終了するのだから、魂が削れようがどうしようが、関係ないだろうということらしい。

言い分としてはわかるのだが、使い慣れた今の身体が『死』に近づいていくというのは正直怖い。というか、かなり乱暴な話に感じるのは俺だけだろうか。

すると、チキちゃんが俺の袖を掴んだ。

「コウジ、死んじゃうの？　もう会えなくなっちゃうの？」

泣きそうな顔で俺を見上げている。

この娘にとって、身寄りは俺とノルンちゃんしかいないのだ。

死ぬだのなんだのと言われて、不安になってしまったのだろう。

そんなチキちゃんに、ノルンちゃんがにっこりと微笑んだ。

「チキさん、大丈夫なのです。コウジさんが希望すれば、チキさんには天界で研修を受けていただくことができるのです。カルマが規定値に達したら、コウジさんのもとへ送り届けて差し上げます」

「カルマ……？　それをなんとかすれば、コウジと一緒にいられるの？」

「はい。チキさんには私のせいでとてもつらい思いをさせてしまいました。お詫びとして、たとえ死んでもコウジさんと一緒にいることができるように、手配させていただきます」

「私、そうしたい。コウジ、お願い」

縋(すが)るような目で見てくるチキちゃん。

俺は即座に頷いた。

「うん、もちろんいいよ。あと、その研修を天界で受けてる間、俺も一緒にいることはできるかな？」

「できますよ。チキさんの隣で見学というかたちになると思いますが」

「じゃあ、そうさせてもらうよ。チキちゃん、大丈夫だから、安心してね」

「うん！　ありがとう！」

チキちゃんが満面の笑みで、引っついている俺たちに抱きついてきた。

「いだだだ!?　傷口があああ!?」

「うわっ、また血が出た!?」

「あっ!?　ご、ごめんなさい!!」

そのあと、騒ぎを聞きつけたドワーフの皆さんが心配して集まって来てくれて、薬やら寝床やらの提供を申し出てくれた。

俺は、カルバンさんに説明したノルンちゃんの回復方法をもう一度彼らにも話し、礼を言って帰ってもらった。

明日の朝にはノルンちゃんの体力は全快するとのことなので、今日のところは休むことになったのだった。


次の日の朝。

ノルンちゃんの作った蔓のベッドで眠っていた俺は、朝日のまぶしさに目を覚ました。

隣のベッドでは、ノルンちゃんがよだれを垂らして寝こけている。

楽しい夢でも見ているのか、なんだかニヤニヤしていた。

「コウジ、おはよう」

「おはよう。チキちゃん早起きだね」

「日の光が当たると目が覚めちゃうの。キノコの頃も、そうだったから」

チキちゃんはそう言いながら、紙コップに粉末のコーンスープを入れた。

手鍋で沸かしていたお湯を注ぎ、スプーンでかき混ぜて俺に手渡してくれる。

「はい。熱いから気を付けて」

「お、ありがと」

熱々のコーンスープを、ふうふうと冷ましながらいただく。

そうしていると、ノルンちゃんがむくりと身体を起こした。

「いい匂いがするのです……」

「うお、寝てても気付くのか」

「ノルン様、はい。熱いから気を付けて」

「ふわああ。ありがとうございますぅ」

ノルンちゃんもコーンスープを貰い、瞼を擦る。

腕も指も完璧に治っていて、もとの綺麗なぴちぴちの肌だ。

「寝ながらニヤニヤしてたけど、なにか楽しい夢でも見てたの？」

「はい。ストーンドラゴンから金銀財宝が出て、そのお金で『グン・マー』で豪遊する夢を見ました。休憩所のメニューをすべて注文して、食べようとしたところで目が覚めたのですよ」

はあ、とノルンちゃんが残念そうにため息をつく。

夢というものは、たいていはいいところで終わるものだ。

「そりゃすごい夢を見たね……ところでさ、ストーンドラゴンの倒し方を考えたんだけどさ」

「あ、コウジさん、なにか閃いたんですか？」

「うん。もしかしたら、ストーンドラゴンって、水じゃなくてお湯に弱いんじゃないかなって思って」

「えっ、そうなんですか？　どうしてそう思うんです？」

「チキちゃんが昨日、ストーンドラゴンにかけた水って、冷水じゃなくて温かい温泉のお湯なんだよ。かけた途端に大暴れし始めたから、ひょっとしたらと思ってさ」

「確かに、昨日水をかけられたときは温かかったです。ネイリーさんは水の魔法を使っても効かなかったって言っていましたし、ひょっとしたらコウジさんの推測が正しいのかもしれないですね！」

うんうん、とノルンちゃんが嬉しそうに頷く。

「チキちゃん、魔法で熱湯を出すことってできる？」

「ね、熱湯？　うーん……」

チキちゃんは唸りながら、指先を地面に向けた。

「精霊さん、熱いお湯をお願い」

チキちゃんが言うと、指先からちょろちょろと水が出始めた。

もくもくと湯気が立っており、どうやらお湯のようだ。

「あ、出せた」

「おおー！　チキさんすごいのですよ！　これでストーンドラゴンを倒せますね！」

ノルンちゃんがにっこりと微笑む。

口の端によだれが光っているのは、先ほどまで見ていた夢を思い出しているからだろう。

「よし。それじゃあ、ノルンちゃんはまたストーンドラゴンを縛り上げてくれる？　俺が引っついてれば、なんとかなるかな？」

「はい！　コウジさんから力を貰えれば、問題ないと思うのですよ！」

「それじゃ、さっそく……あ、しまった」

「どうしたんです？」

ノルンちゃんが小首を傾げる。

「ストーンドラゴンをおびき寄せる宝石がないんだよ。この前は上手い具合にカルバンさんの尿路結石でおびき寄せたんだけど」

「カルバンは、もっと出せたりしないの？」

チキちゃんがお湯を止め、俺に問いかける。

「一度に何個も石ができることもあるって聞いたことはあるけど……うーん」

そんな話をしていると、件のカルバンさんが歩いて来た。

「よう、おはようさん。女神さん、身体の具合はどうだい？」

「はい。おかげさまで全回復しました」

ノルンちゃんが両手をカルバンさんに見せる。

「おお、傷ひとつないのか。よかったな、綺麗に治って」

「ありがとうございます。ご心配おかけしたのですよ」

「あの、カルバンさん。相談があるんですが」

「ん、なんだ？」

「ストーンドラゴンを倒す算段がついたんで、またおびき出したいんです。もう一回、結石を出してもらえませんか？」

「人を尿路結石製造機みたいに言うな。出せって言われて、すぐに出せるわけがないだろうが」

呆れ顔で答えるカルバンさんに、俺も「ですよね」と苦笑する。

「ほかに、同じような症状を訴えている人っていませんか？」

「いや、俺だけだな。痔と関節痛と四十肩の奴ならいるぞ」

「うーん……結石じゃないとダメなんですよねぇ……」

「カルバンさん、ほうれん草とタケノコはお好きですか？」

はい、とノルンちゃんが手を挙げて、カルバンさんに質問する。

「おう、大好きだぞ。ほうれん草はお浸しを宿屋で毎日食ってたし、タケノコは春先になると山に入ってどっさり取ってくるんだ。若いやつを刺身にして食べると最高だな！」

「それはよかったです！　コウジさん、ここでしばらく生活して、カルバンさんにほうれん草とタケノコをたくさん食べてもらいましょう！　私が毎日育てますので！」

ノルンちゃんの台詞に、カルバンさんが小首を傾げる。

「なんだそりゃ。なんの意味があるんだ？」

「ほうれん草とタケノコにはシュウ酸が含まれているのですよ。身体に蓄積すると、結石ができるのです。たくさん食べて、また結石を作っちゃいましょう！」

「マジで⁉　結石の原因ってそれだったのか⁉　っていうか、せっかく治ったのに、また石を作らせようとすんなよ！」

「でも、カルバンさんが石を作ってくれないと、ストーンドラゴンをおびき出せないのですよ」

「それなら、いったん街にでも行って宝石を買って来ようや。ほうれん草とタケノコ食って石を作るより、よっぽど手っ取り早いだろ」

やれやれ、とカルバンさんがため息をつく。

いつできるかもわからない石をカルバンさんに作ってもらうより、その方が早いし健全だ。

「じゃあ、今から街に向かいますか？　ほかの皆にはここで待っていてもらうってことで、どうですかね」

「おう、そうしようか。宝石代は俺が出してやるから、ストーンドラゴンを退治したあとの分け前を少し多めにしてくれ。あと、ついでにギルドにも討伐申請をしてこようぜ」

「わかりました。行きましょう」

「決まりだな。その前にションベンしてくるわ。ちょっと待っててくれ」

「あ、俺も行きます。もしかしたら、また結石が出るかもしれないですし」

「そう何度も出てたまるか。女神さんたち、ちょっと待っててくれな」

「はい！　片付けを済ませておきますね！」

「私、ほかの人たちに伝えに行ってくる」

ノルンちゃんたちを残し、俺とカルバンさんは昨日と同じ場所へと用を足しに向かった。

「そういえば、倒す算段ができたって言ってたが、どうやって倒すつもりなんだ？」

もぞもぞとズボンのボタンを外しながら、カルバンさんが聞いてくる。

「チキちゃんの魔法で熱湯をかけてみようってことになったんです。たぶん、ストーンドラゴンは熱湯に弱いんですよ」

「ほう、熱湯か。昨日水をかけたときにも暴れてたが、あれはお湯だったのか？」

「はい、温泉でした。ネイリーさんの水の魔法は効かなかったらしいですけど、あれは効いたんで、いけるんじゃないかなって」

「なるほどなぁ。確かに、水に弱いんじゃ地下になんて潜っていられないもんな。納得だ」

そうして用を足していると、再び『カチン』と音が響いた。

「うわ⁉　今のって結石が出た音じゃないですか⁉」

「何個出てくるんだ、これ⁉」

「グオオオオオ‼」

「「ぎゃあああぁ⁉」」

「ノルンちゃーん！　また出たよおおお！」

「助けてくれえええ‼」

「わわっ！　どうやっておびき出したんですか⁉」

ストーンドラゴンを引き連れて逃げ戻った俺たちを見て、ノルンちゃんが慌てて全身を変異させた。

根に変異した両足を地面に突き刺し、数十本の蔓になった腕でストーンドラゴンを絡め取る。

俺はノルンちゃんのいるところまで一直線にダッシュし、彼女に飛びついた。

「ノルンちゃん、フルパワーでお願い！」

「了解なのです！　どりゃあああ!!」

ノルンちゃんの胴体がメキメキと音を立てて、首筋まで木の幹に変異した。

根は辺りの地面を盛り上げるほどにまで張り巡らされ、腕の付け根からはさらに倍近い量の蔓が飛び出してストーンドラゴンに絡みつく。

あっという間に、ストーンドラゴンががんじ搦めになった。

「うぎぎ！　やっぱりすごい力なのですよ！　早くー！」

ノルンちゃんが必死の形相で叫ぶ。

フルパワーのノルンちゃんをもってしてもギリギリとは、とんでもないバカ力だ。

「あっ、ほかの皆さんは近寄らないで！　チキちゃん、熱湯をかけて！」

「うん！」

武器を手に駆け寄ってきた皆を制し、俺はチキちゃんに熱湯攻撃を指示する。

「精霊さん、熱湯をお願い！」

チキちゃんが突き出した両手から、大量の熱湯が一直線に噴き出した。

「ギャアアアア!!」

蔓まみれのストーンドラゴンに直撃し、悲痛な鳴き声が響き渡る。

先ほど以上に、めちゃくちゃに暴れ出した。

どすんどすんと、地面にぶつかっている。

「いったいです！　あっついです！　ちぎれるし火傷しちゃいますううう!!」

「ノルンちゃん我慢して！　耐えて！」

「こんなの耐えられるわけないでしょおおお!?　ひぎいいいいい！」

蔓がちぎられる痛さと熱さにノルンちゃんは泣き叫びながらも、一切力を緩めずに必死に我慢している。

すると、ストーンドラゴンは一際甲高い悲鳴を上げて、ズシンとその場に倒れ伏した。

その直後、体中にヒビが入り、そのままガラガラと崩れてしまった。

ノルンちゃんが蔓を引き戻し、メキメキと音を立てて人間形態に戻っていく。

「うぇぇ、火傷しちゃいました……腕もまた傷だらけです……」

うぇー、と呻きながら、ノルンちゃんは腕をだらんと垂らしている。

俺はノルンちゃんにしがみついたままだ。

「ノルン様、大丈夫？」

とてとてとチキちゃんが駆け寄ってきて、ノルンちゃんの腕を見る。

腕は広範囲が爛れてしまっていて、真っ赤になっていた。

あちこちの皮膚が裂け、出血もしている。

どう見ても重傷だ。

「うへ、これは酷い……本当、お疲れ様」

「うう、酷い目に遭いました」

そう言っている間にも、出血は徐々に止まり、爛れた皮膚に薄らと薄皮が張り始めた。

「蔓にまでかけちゃってごめんなさい。でも、どうしようもなくて」

「あ、チキさんが謝ることじゃないのですよ！　もともとそういう作戦でしたし、チキさんはよくやってくれたのです！」

ノルンちゃんが慌ててそう言うと、チキちゃんはほっとしたように微笑んだ。

そんな俺たちから少し離れたところでは、討伐団の皆がストーンドラゴンの残骸に群がっていた。

「おい、コウジたちも来いよ！　なかなかすごいことになってるぞ！」

残骸のそばから、カルバンさんが手招きしている。

どうやら、なにかいいものが出たようだ。

「コウジさん、私たちも行ってみましょう！　もう離れても大丈夫ですので！」

「うん、そうだね。手をつないで行こっか」

ノルンちゃんの腕はまだ真っ赤で、火傷状態のままだ。

こんなになるまで頑張ってくれたんだから、できるだけ早く治してあげたい。

抱きついた状態から離れ、俺が手を差し出すと、ノルンちゃんは「おおっ」と声を上げた。

「コウジさん優しいですね！　好きになっちゃいますよ⁉」

そう言って、俺の手を握るノルンちゃん。

少しだけ、顔が赤くなっている。

「マジで⁉　俺の彼女になってくれたりする⁉」

「私でよ――」

「私が彼女になるんだから、ダメ！」

俺の空いている方の腕に、即座にチキちゃんがしがみ付く。

「おーい、なにいちゃついてんだ、コラ！　さっさと来やがれ！」

「す、すみません。今行きます」

三人でカルバンさんたちのもとへ駆け寄る。

こぶし大ほどにまでバラバラになったストーンドラゴンの残骸の隙間から、さまざまな色の石がたくさん覗いている。

動物の骨も交ざっているようで、薄らと虹色に輝いているものも見て取れた。

「うわ、すごいですね、これ。お宝も交じっているんじゃないですか？」

「ルビーがありますよ。なんだか、少し色がくすんでますけど」

ノルンちゃんがしゃがみ込んで、散らばっているくすんだ赤色の鉱石を摘み上げた。

小指の爪くらいの大きさだ。

本当にルビーだとしたら、かなりの金額になるんじゃないだろうか。

もちろん、品質にもよるんだろうけど。

「ううむ。消化されかかっているのだかわからんが、色がおかしなことになってるんだよな。売り物になるのかな、これ」

カルバンさんもその場にしゃがみ込み、くすんだ緑色の石が交ざった鉱石を拾い上げた。

俺も彼の隣に座り、ガラガラと鉱石を漁ってみる。

赤、青、紫、銀など、さまざまな色の鉱石が大量にあった。

ただ、どれもこれも黒ずんでいたり、茶色く変色したりしている。

さらに表面は溶けていて、滑らかになっていた。

「うーん。鉱石については素人なんですが、研磨したら綺麗になったりするんじゃないですかね？」

「そうだな。さすがに全部ゴミってことはないだろ……おっ、あれは金貨じゃないか？」

カルバンさんが鉱石の山の中から、表面がツルツルになった金貨を拾い上げた。

小金貨のようだが、一回りくらい小さく、表面に描かれているはずのクジラの絵がない。

どうやら、消化されて溶けてしまっているようだ。

「おお。あんたら、退治してくれたのか！」

そうこうしていると、ロコモコさんを先頭にしてドワーフさんたちがぞろぞろとやってきた。

崩れ落ちているストーンドラゴンを見て、彼らから「おー！」と驚きの声が上がる。

わいわいと死体の周りに群がって、鉱石を漁り始めた。

ロコモコさんが俺の隣にやってきてしゃがみ込む。

「ううむ、えらくバラバラにしたもんだな。剣の刃も通らなかったのに、いったいどうやってやっつけたんだ？」

「熱湯をぶっかけたんですよ。そしたら一発でした」

「熱湯？　そうか、水じゃなくて、熱湯が弱点だったのか。言い伝えも当てにならんなぁ」

やれやれ、とロコモコさんが笑う。

表情が明るく、ほっとしている様子だ。

「それで、死体の中にある宝石なんですけど、価値がさっぱりわからないんですよ。ちょっと見てもらえませんか？」

「おう、いいぞ」

「カルバンさん、それを見てもらいましょう」

「あいよ」

カルバンさんがロコモコさんに緑色の鉱石を手渡す。

ロコモコさんはそれを一目見て、あー、と声を上げた。

「こりゃエメラルドのクズだな。まあ、建材に使うには十分だと思うよ。装飾品には向いてないな」

「そうなのか。金になりそうなものはないのか？」

「うーん、どうかな。ちょっと探してみるか」

ロコモコさんが瓦礫の中に踏み入り、ガラガラと鉱石をかき分ける。

それから「おっ」と声を上げて、薄緑色に透き通ったこぶし大の宝石を拾い上げた。

「カンラン石の大粒があったぞ。品質もよさそうだし、これなら大金貨二十枚分くらいにはなるな」

「マジか！　コウジ、やったな！」

「やりましたね！」

いえーい、と俺とカルバンさんはハイタッチをした。

「あの、もしよろしければ、それを私にいただけませんでしょうか？」

ノルンちゃんが傷だらけの手を小さく挙げ、カルバンさんに言う。

「おう、もちろんいいぞ。こいつは女神さんたちだけで倒したようなもんだしな。俺は記念に残骸のひとつでも貰えればそれでいいよ。皆もそれでいいだろ？」

カルバンさんが皆に呼びかけると、あちこちから肯定の声が上がった。

「いいものが見られた」とか「孫の代まで話せるネタができたな」などと、皆楽しげだ。

欲がないというか、気のいい人たちである。

それを聞き、ノルンちゃんはにっこりと微笑んだ。

「ありがとうございます！　あと、ほかの財宝は、半分はドワーフさんの里の修繕費用にあてるというのはどうでしょうか？　残りは、皆で山分けするのがいいと思うのです。ね、コウジさん？」

「うん、それがいいね。そうしよう」

俺が頷くと、ドワーフさんたちがどよめいた。

討伐団の皆も、驚いた顔をしている。

「修繕費用って……本当にいいのか？」

ロコモコさんが、少し困惑した顔を俺に向ける。

「はい、使ってください。俺たちは旅に必要なお金さえあればいいので。別に大金が必要ってわけじゃないんですよ」

この旅が終わったら俺は一度死んで転生するらしいので、大金持ちになる必要はまったくない。

途中途中の街で宿に泊まれて、ご飯が食べられればそれで十分だ。

なにより、日本に戻ってからインスタントコーヒーを買ってくれれば、お金は無限に増やせそうなのだ。宝石に固執する理由は、今のところない。

「そうか……ありがとうよ。あんたたち、いい奴らだな」

ロコモコさんはとても嬉しそうに微笑み、ノルンちゃんにカンラン石を差し出した。

「ほれ、持っていってくれ。ほかにもいろいろあるだろうから、今から探すよ」

「どうも！」

ノルンちゃんが、ロコモコさんからカンラン石を受け取る。

「ノルンちゃん、その宝石はなにに使うの？」

「世界の修復に使うのです。このカンラン石があれば、できるかもしれないのですよ」

「修復って、この世界を全部一気に直すってこと？」

この世界を作る際、カンラン石の代わりに大理石を使ったことを思い出した。

不足しているその材料を足して、世界を修復するつもりなのだろう。

不足している世界から手に入れた宝石を使って、修復なんてできるのだろうかと内心首を傾げる。

「そうなのです！　やってみますね！」

ノルンちゃんは元気に答えると、カンラン石を両手の上に載せて胸の前に掲げた。

その途端、カンラン石が光り輝いた。

ふわっとそれは浮き上がり、ノルンちゃんが目を閉じる。

ノルンちゃんの身体も、ぼんやりと光り出した。

そしていつぞやのように、その場でくるくると踊り出した。

「やあやあ、友よ、どこへ行く。歩みの先に、なにがある？

ややあ、友よ、こっちにおいで。皆集めて、一緒くた。

ここが私の、理想郷。奇跡のために、皆で歌おう。

世界の夢は、いつまでも。永久の願いを、あなたとともに！」

ノルンちゃんの身体が、さらにまぶしく光り輝く。

「理想のかたちに、世界よ戻れ！」

カンラン石が激しく発光し、パン、という音とともに弾けて光の粒になった。

ノルンちゃんが踊りをやめ、目を開く。

「ど、どうなったの？」

俺が聞くと、ノルンちゃんがため息をついて肩を落とした。

「失敗です。もしかしたらできるかな、と思ったのですが」

「そっか。でも、前に『一度完成した世界は、あとからはいじれない』って言ってなかったっけ？

もとから無理だったんじゃない？」

「それはそうなのですが、この世界はバグ混じりなので、もしかしたらその辺も曖昧になっているのかなって思ったのです。宝石を無駄にしてしまいました……」

しゅんとしているノルンちゃんに歩み寄り、頭を撫でる。

ノルンちゃんが顔を上げた。ちょっと涙目だ。

「まあ、これぱっかりは仕方がないよ。この世界で冒険するのもすごく楽しいし、このまま旅を続ければいいじゃん。ノルンちゃんが気に病むことじゃないって」

「うう、ありがとうございます」

俺のためにと一生懸命やってくれるのは嬉しいが、もう少し気楽にしていてほしい。

そんな俺たちを見て、カルバンさんは困惑した顔になっていた。

「よくわからんが、残念だったな。あと、財宝を山分けって、本当にいいのか？　俺らはなにもやってないんだぞ？」

「いやいや、皆で頑張ったから倒せたんですよ。カルバンさんの結石がなかったら退治できませんでしたし、ほかの皆も戦ってくれたじゃないですか。きっちり山分けしましょう」

「そうか……すまねえな」

近くにいた竜人族のおじさんが、カルバンさんに笑顔を向ける。

「二つ名ができたじゃないか。これからは『尿路結石のカルバン』だな！」

「お前、次に言ったら尿道に小石を詰め込んでやるからな」

睨むカルバンさんに、竜人さんが声を上げて笑う。

「おお、怖い怖い。まあ、病気が治ってよかったよ。兄ちゃんたちのおかげで羽振りもよくなりそうだし、宿に戻ったら快気祝いをやろうや」

そう言って、彼が右手を差し出した。

溶けた銀貨が山盛りになっている。

「うお、銀貨か。ずいぶんあるな。ほかにもあるのか？」

「おう。銀貨と銅貨はかなりあるぞ。金貨はちょびっとだな」

ストーンドラゴンの死体の脇では、皆が一カ所に金目のものを集めていた。

紫、緑、黄などの粒が交ざった鉱石が、山積みになっている。

まだまだありそうだ。

チキちゃんも皆に交ざって、せっせとビニール袋に金貨を拾い集めている。

「そうか。まとまった金が手に入りそうだな」

「鉱石もかなりあるぞ。カルバンは鉱石の目利きはできないのか？」

「俺は古物専門だからなぁ。鉱石はからっきしだ」

「それじゃあ、鑑定はドワーフたちに任せるとするか」

竜人さんが、瓦礫の山へと戻っていく。

「女神さん、元気出しな！　宿に戻ったら宴会だぞ！」

カルバンさんが、ノルンちゃんに明るい笑顔を向ける。

それを見て、ノルンちゃんも表情を和らげた。

「はい。くよくよしていても仕方がないのです。元気出しますね！」

「おう、その意気だ。宝石探しは俺らでやるから、コウジは女神さんとしばらく引っついてろ。その腕、まだ治ってないんだろ？」

ノルンちゃんの腕はまだ傷だらけで、火傷も治りきっていない。見るからに痛そうだ。

「そうですね、そうします。ノルンちゃん、こっちにおいで」

「はい！」

ひしっと、ノルンちゃんが俺に抱きつく。カルバンさんは皆に振り向いた。

「おーい！　仕分けが終わったら、宿に戻って宴会をやろうぜ！　財宝の半分は里に寄付して、残りは山分けだ！」

カルバンさんの呼びかけに、皆が歓声を上げた。

そのとき、俺の身体が光り輝いた。

「うお⁉　コウジ、どうしたんだ⁉」

「あ、帰還の光だ」

「ですね。これ、いつもタイミングがよくわからないです」

「コウジ！　待って！」

チキちゃんが俺たちに駆け寄り、抱きついた。

自分だけ置いてけぼりになるかも、と思ったようだ。

俺にくっついていれば一緒に戻れるようなので、こうした方が安心だ。

「それじゃ、皆さん、またあとで」

そう言うと同時に、俺たちの身体は光に包まれた。

第四章　救済担当官

「はっ⁉」

唐突に目覚めたような感覚に、俺ははっとして身体を起こす。

転移した直後の、途切れた意識が急に復活するような感覚は、なんとかならないものだろうか。

数秒して、ちゃぶ台の上とその周囲に光の粒子が現れた。

その中から滲み出すようにして、ノルンちゃん、チキちゃん、そしてカルバンさんが姿を現した。

部屋の隅っこにも光の粒子が現れ、中から俺たちのリュックが現れた。

「……あれ？　ここはどこだ？」

カルバンさんがきょろきょろと、辺りを見渡す。

どういうわけか、カルバンさんまで転移して来てしまったようだ。

相変わらず、転移の条件がさっぱりわからない。

「あら、カルバンさんも転移してしまったのですね。日本へようこそなのです！」

「日本？　……って、女神さん、なんか小さくないか⁉」

ミニチュアサイズのノルンちゃんを見て、カルバンさんが目を丸くしている。

とりあえず、いつもどおりに説明をするか。

「――というわけなんです。巻き込んじゃって、すみません」

一通りの説明を終え、カルバンさんに頭を下げる。

「ううむ。これが俺たちの住んでる世界なのか……話が突飛すぎて、驚くことしかできないな……」

カルバンさんが部屋の隅に置かれている理想郷をのぞき込み、むう、と唸る。

「はい。さっきまでいた世界とはまったく異なる世界です。本当は案内したいんですけど、俺は今から出かけないといけないので、しばらくここで待っていてください」

せっかく来たのだから俺があちこち連れて行ってあげたいところだが、今日は火曜日なので出社日だ。

時計を見ると、そろそろ出勤しないとまずい時間になっていた。

「それじゃ、俺は会社に行ってくるよ。ノルンちゃん、チキちゃん、カルバンさんをお願いね」

「かしこまりました！　コウジさんが出かけている間に、私たちでカルバンさんを案内しましょうか？」

期待を込めた目で俺を見るノルンちゃん。

相変わらず、家でじっとしているつもりはないようだ。

「うーん……まあ、ノルンちゃんが一緒なら大丈夫か。でも、服装がちょっと心配だな……」

カルバンさんは『ファンタジー世界の旅人』といった服装で、背中にはマント、腰には長剣が挿してある。

剣とマントは置いていってもらうにしても、少々目立ってしまいそうだ。

「では、また服屋さんに行って洋服を調達するのですよ。お金を少々いただければなのですが」

「うん、いいよ。これを使っていいから、三人で遊んでおいで。チキちゃん、お金の管理はお願いね」

　ポケットから財布を取り出し、三万円をチキちゃんに手渡す。

「コウジ、この間もお金をたくさん使っちゃったけど大丈夫？　貯金あるの？」

　お札を手に、チキちゃんが俺に心配そうな顔を向ける。

　本当に、気遣いができるいい娘だな。

「このくらいなら大丈夫だよ。貯金も少しはあるし、一応働いているからね。それに、あとで金貨を換金しにいけば、お金は――」

　そう言ったとき、ちゃぶ台に置かれた俺のスマホから着信音が響いた。

　画面を見てみると、会社の隣の席の同僚からのようだ。

「ちょっとごめんね。もしもし――」

「……おい、なんだあれは？　なんの道具だ？」

　スマホを耳に当てる俺を見て、カルバンさんがノルンちゃんに質問する。

「あれはスマートフォンといって、遠くの人とも会話ができる道具なのですよ」

「そうなのか。変わった見た目の魔法具だな」

「いいえ、あれは魔法具では――」

「え、マジで⁉」

　突然俺が上げた大声に、三人が驚いた顔になった。

「うん、うん……わかった。とりあえず、そっちに行くわ。またあとでな」

俺は通話を切り、スマホを置く。

「どうしたのですか？　なにか問題発生ですか？」

小首を傾げて聞いてくるノルンちゃん。

俺は、深々とため息をついて肩を落とした。

「会社が潰れたらしい」

「「え⁉」」

ノルンちゃんとチキちゃんが、ぎょっとした顔になった。

「つ、潰れたって、いきなり倒産したのですか⁉」

「うん、会社の入口のドアに張り紙がしてあるんだってさ。とりあえず俺も行ってみる」

「コウジ、私も一緒に行く」

チキちゃんが俺の袖を引っ張る。

「いや、いつ帰って来られるかもわからないし、俺ひとりで行ってくるよ。皆は出かけてていいからさ」

「コウジがそんな大変なことになってるのに、遊びになんて行けないよ」

チキちゃんが切なげな目で俺を見てくる。

心底心配してくれているのがよくわかる。

「会社って、勤め先のことか？　潰れちまったなら、路頭に迷うってことじゃねえか。大丈夫なのか？」

心配そうに言うカルバンさんに、俺は軽く頷いた。

「そこまで深刻な話でもないですよ。確か、失業手当っていうお給料の代わりみたいなお金が国から半年間は貰えるはずですし、会社はほかにもあるから再就職すればいいだけですし」

「そうなのか。まあ、それならいいんだが……さすがに今のお前の金で遊びに行くってのは気が引けるな。コウジが帰って来るまで、ここでおとなしくしてるよ」

カルバンさんの言葉に、ノルンちゃんとチキちゃんも頷く。

「わかりました。チキちゃん、家のことは任せてもいいかな？」

「うん、大丈夫。コウジ、気を付けて行ってきてね。早まっちゃダメだよ」

「いや、理想郷への永住が決まっているんだから、そこまで深刻になるわけないでしょ」

「あ、そっか。そうだね」

俺の言い分に、チキちゃんがほっとしたように表情を緩めた。

理想郷を修復したら俺は現在の身体を手放すことになるらしいので、こちらの世界のものにはあまり執着がない。

眠ればあちらに転移もできるわけだし、こちらで無一文になったとしても、あちらの世界から食べ物やらなにやらは調達できるのだ。

「それじゃ、行ってきます」

「行ってらっしゃい」

「気を付けて行ってきてくださいませ！」

「ちゃんと雇い主を見つけて、どういうわけか聞いてくるんだぞ」

とりあえず背広に着替え、俺はアパートをあとにした。


「ただいまー」

「コウジ、おかえり！」

「おかえりなさいませ！」

数時間後。

俺がアパートへ帰って来ると、ノルンちゃんを肩に載せたチキちゃんが抱きついてきた。

座ってテレビを見ていたカルバンさんが俺を振り返り、笑顔を向ける。

「お、早かったじゃないか。どうだった？」

「なにか、破産管財人とかいう人がいて、その人に言われるがまま書類にサインして解散になりました。今月分の給料と退職金は出るらしいです」

「おお、それはよかったな。雇い主とは会ったのか？」

「体調不良とかで、会社に来ていなかったです。皆呆れてなにも言わなかったですね。本人がいないんじゃ、言ってもどうにもならないですし」

「なんかひでえ会社だな……しかし、お前らもずいぶんと諦めがいいんだな」

「特に会社に愛着があるわけでもなかったですしね」

同僚たちは皆がやれやれといった様子で、互いに軽く別れの言葉を交わして帰って行った。

なんというか、人と人とのつながりが薄弱な会社だったのだなと痛感した。

会って数日しか経っていないノルンちゃんやチキちゃんとの方が、よっぽど縁が深くなっている。

とはいえ、給与も残業代もボーナスもちゃんと出てはいたので、お金の面ではそこまで悪い会社ではなかった気もする。

そういえば、クソ上司だけは顔色が青を通り越して白くなっていたな。

倒産理由もよくわからなかったし、いったいなにがどうなったのだろうか。

まあ、今さらどうでもいいけど。

「さて、俺もしばらく暇になっちゃいましたし、どこか遊びに行きますか？　お金のことは心配しなくても大丈夫ですよ」

「コウジさん、貯金はいくらくらいあるのですか？」

チキちゃんの肩の上から、ノルンちゃんが質問する。

「貯金？　確か四百万円ちょっとはあったと思うよ」

俺が答えると、ノルンちゃんとチキちゃんが驚いた顔になった。

「結構持ってますね！　それならしばらくは大丈夫ですね！」

「コウジ、お金持ちだね」

「それ、もとの世界のお金に換算するといくらくらいなんだ？」

円で言われてもピンとこないのか、カルバンさんが聞いてくる。

「大金貨八十枚分くらいですかね」

「八十枚⁉　お前、若いのにずいぶん持ってるんだな⁉」

「新車が欲しくて貯めていたんですよね。理想郷に移住することが決まってるし、今さら買う必要もなくなっちゃいました」

さて、と俺は背広を脱いだ。

「ショッピングモールでも行くか。コーヒーとか、あっちの世界で売れそうなものを仕入れないと」

「なに、コーヒーが買えるのか⁉」

カルバンさんが瞳を輝かせる。

「ええ、買えますよ。たくさん買って、あっちで転売しましょう」

「コウジ、ショッピングモールに金貨が売れる場所あるかな？」

チキちゃんが溶けた金貨の入った袋を差し出す。

「ショッピングモールにはなかったかな……行く道すがらにあったはずだから、寄っていこうか」

「お出かけですね！　カルバンさん、異世界観光なのですよ！」

「おお、楽しみだ！」

そんなこんなで、俺たちはアパートを出た。

駐車場へと入り、俺のオンボロ軽自動車に乗り込む。

カルバンさんは初めての乗車ということで、助手席に乗ってもらった。

チキちゃんはノルンちゃんと一緒に、運転席の後ろの席だ。

エンジンをかけ、ショッピングモールへと向けて走り出す。

「な、なんだこれ。どういう仕組みで動いてるんだ？　煙も出ていないみたいだが」

全開にしている窓から外を眺め、カルバンさんが唖然とした顔になっている。

見るものすべてが物珍しいようで、きょろきょろと視線を動かしている。

「ガソリンっていう油に火をつけて、その爆発力で車輪を回しているんです。詳しいことは俺もよくわかりませんけど」

「ガソリン？　初めて聞く油だな……煙を吐きながら四つ足で走る乗り物は聞いたことがあったが、煙も吐かずにこんなふうに動く乗り物なんて聞いたことがないぞ」

「四つ足？　あっちの世界には、四つ足の乗り物があるんですか？」

驚いた声を上げる俺に、カルバンさんが「おう」と頷く。

「俺も実物は見たことがないが、『蒸気都市イーギリ』っていうところで使われているらしい。スチームウォーカーっていうんだったかな。石炭を燃やして動く乗り物だって聞いたことがある」

「蒸気都市⁉　ノルンちゃん、蒸気都市だって！」

「はい！　スチームパンクな香りがぷんぷんするのですよ！」

興奮した声を上げる俺に、ノルンちゃんが明るく答える。

俺は機械仕かけのごちゃごちゃしたものが大好きなのだ。

フルスケルトンの機械式腕時計が特に好きで、たまに時計屋へ行っては、ガラスケース内のそれを眺めている。

最近では安価なスケルトンの機械式時計も売られているので、自分へのご褒美として時折一～二万円くらいのものを買っては、コレクションとしてしまい込んでいた。

スチームパンクな世界観のイラストも大好きで、パソコンの壁紙もネットで拾った機械都市のイラストだ。

きっと、俺の頭の中を覗いたノルンちゃんが、世界を作るときに組み込んでくれたのだろう。

「カルバンさん、その都市ってどこにあるんですか⁉　近いんですか⁉」

「かなり遠いな。方角的には、旅人の宿の北東だったと思うぞ。まさか、行くつもりか？」

顔をしかめて言うカルバンさん。

「あそこは飯がくっそ不味いって話だぞ。街全体がいつも霧に覆われているらしいし、住人は排他的だし、しょっちゅう雨だし寒いしで、ろくなところじゃないって話を聞くんだが」

「霧⁉　すごく雰囲気ありそうですね！　それこそスチームパンクですよ！」

「コウジさん、やりましたね！」

なおのことテンションが上がる、俺とノルンちゃん。

まさに俺が頭の中で思い浮かべていた、理想の蒸気都市だ。

羽ばたき飛行機械とか飛行艇とかも、もしかしたら見ることができるかもしれない。

カルバンさん的にはお勧めできないようだが、自分の目で見てみないことには始まらない。

「天空都市カゾと蒸気都市イーギリだったら、旅人の宿からはどっちが近いですかね？」

「カゾの方が近いな。距離でいうと、倍くらいは違う。カゾまででも、歩いて行ったら十日くらいかかるな」

「ば、倍……二十日ですか……」

個人的にはすぐにでも蒸気都市イーギリへ行きたいのだが、そこまで遠いのでは、天空都市へ先に行くべきだろう。

どんなところなのか、実に楽しみだ。

そうこうしていると、大きく『金買取り専門店』という看板が掲げられた店へと到着した。

どこにでもある、質屋さんだ。

溶けた金貨を換金するとしよう。


「ただいまー」

「おかえりなさいませ！　どうでしたか？」

「ちゃんと売れた？」

換金を終えて車に戻ると、後部座席からノルンちゃんとチキちゃんが身を乗り出してきた。

「売れた売れた。ほら」

分厚い封筒を、ふたりに手渡す。

チキちゃんが封筒の口を開き、中から札束を取り出した。

「わわ！　大金なのですよ！」

「すごいね。いくらあるの？」

「八十四万円になった。二百グラムあって、一グラム四千二百円で買い取ってもらったよ」

持ち込んだ金は二十四金だったらしく、かなりの高額で買い取ってもらえた。

出所を聞かれるかとも思ったが、特になにも言われず身分証明書を提示するだけで済んだ。

普段の給料の手取り四カ月分に近い。

「それがこっちの世界のお金か。金貨じゃなくて紙とは、なんだかありがたみがないな」

カルバンさんの言うとおり、あちらの世界の金貨や銀貨を見たあとだと、紙のお金はなんとも安っぽく見える。

金や銀はそれ自体に価値があるのだから、そう感じて当然だろう。

「で、それだけあれば、コーヒーが山ほど買えるのか？」

「ええ、運びきれないくらい買えますよ。たっぷり買って行きましょう」

「よっしゃ！　それじゃあ、さっさとコーヒーを売ってる店に行こうぜ！」

「着いたら、まずはカルバンさんの服を買わないとですね」

カルバンさんに急かされ、車を出す。

カルバンさんはすでに車に慣れてしまったようで、全開にした窓に肘を載せて鼻歌を歌っていた。

渋いおじさんだからか、その様子が結構様になっている。

せっかくこっちの世界に来たのだから、存分に楽しんでもらうとしよう。

ショッピングモールに到着し、駐車場に車を停めて皆で降りる。

平日の昼間だというのに、かなりの台数の車が停まっていた。

ショッピングモールの巨大な建物を前にして、カルバンさんは棒立ちで口を半開きにしている。

チキちゃんも「おー」と言いながら建物を見上げている。

「で、でけえな。こんなでかい建物、初めて見るぞ」

「中を見たらもっと驚きますよ。さあ、行きましょう」

皆を連れ、中に入る。

「うお！　扉が勝手に開いたぞ⁉　トラップか⁉」

「あ、あの、あまり大声を出さないでもらえると……」

自動ドアの前であたふたしているカルバンさんに、周囲の人たちの視線が集まる。

服装も相まって、不審者にしか見えない。

「カルバンさん、ここは不思議なものだらけなのですよ。いちいち驚いていたら、きりがないのです」

「そ、それもそうだな。すまん」

チキちゃんの腕の中のノルンちゃんに窘められ、カルバンさんが落ち着きを取り戻す。

人魚のカーナさんのときもそうだったが、やはり初めてこんな場所に来たら、はしゃいでしまう気持ちはわかる。

俺も蒸気都市や天空都市に行ったら、同じような真似をしないように気を付けねば。

「それじゃ、服を買いに行きましょうか」

二階の紳士服売り場へと向かうべく、エスカレーターまでやってきた。

まるで階段が地面から生えているような光景に、カルバンさんが目を丸くした。

「うわ！　階段が地面から飛び出してきてるぞ！　どうなってんだこれ⁉」

「えっと、これはですね――」

「カルバン、騒がないの。こういうものなんだよ、きっと」

「す、すまん」

今度はチキちゃんに窘められ、カルバンさんが謝る。

チキちゃんは一度地元のスーパーに行っている分、耐性が付いているのだろう。

「それじゃ、乗りますよ。気を付けて乗ってくださいね」

「お、おう」

「コウジ、手つないで。ちょっと怖い」

「うん、いいよ」

チキちゃんと手をつなぎ、エスカレーターに乗る。

おっかなびっくりといった様子でチキちゃんが乗ると、カルバンさんもへっぴり腰になりながら乗った。

カルバンさんはきょろきょろと周りを見回しながらも、二階に着くまで騒いだりせずに口を閉ざしていた。かなり興奮しているようで、瞳はキラキラと輝いていたが。

俺たちは服屋に到着し、中へと入った。

「それじゃ、選びましょうか。どんなのがいいとか、希望はありますか?」

「そうだな……動きやすい服がいいな。こう、かっちりした感じのは苦手なんだ」

「コウジさん、あれなんてどうですか?」

チキちゃんの腕に抱えられたノルンちゃんが、置いてあるマネキンを指さす。

隣には『速乾性抜群! 新素材冷感インナー』と書かれた看板が置いてある。

「ああ、いいね。伸縮性も高いって書いてあるし、あれにしようか。カルバンさん、いいですか?」

「おう、俺は着られればなんでもいいぞ。好きに選んでくれ」

「了解です。ズボンはジーパンでいいか。靴も買いますか?」

「せっかくだから、こっちの世界の靴も履いてみたいな」

「それじゃ、服を買ったら靴屋に行きますか」

似合いそうな服を適当に見繕い、試着室で着替えてもらった。

ガタイのいい、褐色の今風おじさんに早変わりだ。

「コウジ、靴を買ったらご飯を食べに行きたい。お腹空いた」

チキちゃんがお腹を押さえて訴える。

きゅるきゅると、腹の虫を鳴かせて空腹アピールをしていた。

「うん、そうしよっか。カルバンさんは、どんな料理が好みですか?」

「俺は肉料理ならなんでもいいぞ」

「コウジさん、定食屋さんがいいですよ! 唐揚げ定食が食べたいです!」

ノルンちゃんが、チキちゃんの腕の中でよだれを垂らしながら手を挙げる。

「はいよ。そしたら、とっとと靴を選んでご飯を食べに行こうか」

「カルバンさん！　急いで選ぶのですよ！」

「お、おう。わかった」

そのあと、俺たちは急いで会計を済ませて、靴屋へと向かった。

ものの数分で靴を選ばせてしまったのだが、カルバンさんが「軽い！　動きやすい！」と喜んでくれていたので、よしとしよう。


カルバンさんの服を一式揃え、俺たちはレストラン街へとやってきた。

ノルンちゃんとカルバンさんの希望をかなえるべく、全国チェーンの定食屋へと向かう。

店に着くと、食品サンプル入りのガラスケースにカルバンさんが目を留めた。

「おお、でき上がった料理を見本として並べてるのか。これはわかりやすくていいな」

「カルバン、それは本物じゃないよ。偽物だよ」

「えっ、偽物？　これがか⁉」

チキちゃんに指摘され、カルバンさんが目を丸くする。

最近の食品サンプルは本物と見間違うくらい精巧にできているので、驚くのも無理はない。

「うん。私も最初に見たときは驚いたけど、本物じゃないんだって」

「そうなのか……言われてみれば、斜めに飾ってあるのに料理が崩れてねえな。なるほど、作り物か」

「コウジ、このお店にするの？」

「うん。お米が美味しいし、唐揚げ定食もトンカツ定食もあるから、ここがいいかなって」

チキちゃんの腕の中からノルンちゃんが店の看板を見上げ、おお、と声を上げる。

「ここですか！　コウジさんが学生時代に足しげく通っているのを、天界から見ていたですよ！

チキン南蛮定食がお好きなんですよね？」

「そうそう。ここのチキン南蛮が本当に美味しくて……しかし、本当に俺のことをずっと監視していたんだね。プライバシーもなにもあったものじゃないね」

「それがお仕事でしたので。あ、でも、コウジさんが夜の内職をしていらっしゃるときは、ちゃんと目を瞑っていたですよ！」

「そ、そう」

「コウジ、内職してたんだ。夜まで働いてたなんて偉いね。働き者だね」

「はは。さあ、行こうか」

純粋な眼差しを向けてくるチキちゃんから目をそらしつつ、店内へと入る。

このチェーン店は、席に行く前にタッチパネルで食券を買う方式だ。

皆でパネルを覗き込み、メニューを選ぶ。

「ノルンちゃんは唐揚げがいいんだっけ？」

「はい！　単品でいいので、鶏の唐揚げをお願いいたします！」

「それなら、私が唐揚げ定食にするよ。ノルン様、一緒に食べよ」

「了解しましたっ！」

「それじゃ、ふたりは唐揚げ定食ね。足りなかったらもっと頼んでもいいからね」

パネルを操作して、唐揚げ定食を選ぶ。

ノルンちゃんの身体の大きさからいって、一個食べれば余裕で満足できるだろう。

次に、トンカツ定食を表示させた。

「カルバンさんはトンカツ定食でいいですか？」

「お、美味そうだな。トンカツってのは、なんの肉だ？」

「豚です。豚に卵とパン粉を付けて、油で揚げた料理ですね」

「おう、それでいいぞ。豚肉は大好きだからな！」

「それじゃ、トンカツ定食、と。俺はいつもどおりチキン南蛮定食にしよう」

食券を買い、空いている席へと向かう。

俺の隣にチキちゃん、正面にカルバンさんだ。

四人がけのテーブル席に座ると、すぐに店員さんが水を持ってきてくれた。

「あっちの世界には、トンカツみたいな料理はないんですか？」

俺の質問に、カルバンさんが水を飲みながら頷く。

「俺は見たことがないな。揚げ物っていったら、肉に小麦粉を付けて揚げ焼きにするのが一般的だ」

「揚げ焼きですか。どっぷり油に漬けて揚げるっていうのは、やらないんですかね？」

「どうだろ。俺はあんまり料理はしないからなぁ」

「コウジ。あっちの世界だと、揚げ物料理は揚げ焼きが普通だよ。油は作るのが大変だから、あんまりたくさんは使わないの」

横からチキちゃんが補足してくれる。

エルフの里では菜種油を作っていたと言っていたが、製造工程を聞いたときは手順がいくつもあったし、製造に手間がかかりすぎて、一度にたくさん使えるほど作れないというのなら納得だ。

もっと機械が用いられている世界なら、こうはならなかったのかもしれない。

「そうなんだ。じゃあ、こっちの唐揚げとかトンカツをあっちで作ったら、評判になるかもしれないね。お店を開いたら儲かったりして」

「うん。珍しいから、きっと評判になりそう。すぐに真似されちゃいそうだけど」

チキちゃんがそう言うと、その腕の中でノルンちゃんが「あっ！」と声を上げた。

「コウジさん、唐揚げ粉を忘れずに買って行くですよ！　サラダ油と、捨てるとき用の固めるやつも！」

「そうだね、買って行こうか」

そんな話をしていると、唐揚げ定食、トンカツ定食、チキン南蛮定食がやってきた。

カルバンさんは箸を使ったことがないとのことなので、店員さんにフォークを持って来てもらった。

皆で「いただきます」と手を合わせた。

「カルバンさん、トンカツにはその茶色いタレをかけて食べてください。あと、そこの黄色いのはカラシなので、つけるかどうかはお好みで」

「カラシ？　唐辛子のことか？」

「いえ、カラシナの方ですね。ツンときますよ」

「ああ、漬物で使われてるアレか。何度か食ったことがあるぞ」

カルバンさんがトンカツにソースをかけ、フォークで刺して口に運ぶ。

サクッと衣のいい音が響く。

カルバンさんは二、三度咀嚼して、うっ、と呻いた。

ぱっと、俺に顔を向ける。

「なんだこれ⁉　めちゃくちゃ美味いぞ⁉」

「それはよかった。キャベツやごはんと一緒に食べると、もっと美味しいですよ」

「そうなのか！　どれ……もぐもぐ」

カルバンさんはよほど気に入ったのか、頬をパンパンにしてトンカツ定食をかっ食らい始めた。

肉、キャベツ、ごはん、肉、キャベツ、ごはん、とリズミカルに口に運んでいく。

見ている方も気持ちのいい食べっぷりだ。

チキちゃんもリズミカルに、唐揚げ、キャベツ、ごはんを口に運んでいる。

カルバンさんに負けず劣らず、頬っぺたはパンパンだ。

ノルンちゃんにおいては、両手で唐揚げに掴まりながらかぶりついている。

俺も一度でいいから、あんなふうに巨大な食べ物にかぶりついてみたいものだ。

「この茶色いタレが美味いなぁ！　こんな味は初めてだ！」

「それは中濃ソースっていうタレですね。これもあっちに持って行ったら売れそうですかね？」

俺の質問に、カルバンさんはトンカツを頬張りながらこくこくと頷く。

「売れる売れる。こういう、毎日の生活で使うようなものなら大人気になると思うぞ。まあ、そういうものを売るとなると、どこかに店を構えた方がいいだろうな」

「なるほど。ソースとコーヒーか……」

「作り方がわかれば、安定的に生産して売るっていうのもできるんだけどな……」

「ちょっと待ってください。今調べてみます」

スマートフォンを取り出し、検索をかける。

その姿に、カルバンさんがきょとんとした顔になった。

「おい、なにをやってるんだ？　それは遠くの人と会話をする道具だろ？」

「そうですけど、いろいろと調べものもできるんですよ。ほら」

『ソースの作り方』とタイトル表記されたスマホ画面をカルバンさんに見せる。

「こうやって指で操作すると、画像が動きます。やってみます？」

「お、おう……うわ、なんだこれ。なにがどうなってるんだ？」

スマホ画面をぬるぬると操作しながら、カルバンさんが驚きの声を上げる。

「これ、本当に魔法じゃないのか？」

「魔法じゃなくて機械ですよ。全部機械仕かけです」

「そうなのか……ううむ、世の中は広いな。こんなものが存在するとはな……」

カルバンさんは唸りながらソース作りのページを一通り閲覧し、俺にスマホを返してきた。

「材料的にはあっちでも作れそうだが、全部揃えるのが少しばかり大変そうだな。一発で上手に作れるとも思えないし、しばらく練習期間が必要だろうな」

「お、そうですか。チャレンジしてみます？」

「するする。仕入れのたびにコウジの世話になるのも大変だしな。コウジたちはこれからも旅を続けるんだろ？」

「はい。一カ所に留まるようなことは、しばらくないかと」

「なら、連絡も取りにくくなるだろうし、自分でなんとかできることはなんとかしないとな」

「連絡が取りにくいもなにも、一度別れたら連絡を取れなくないですか？」

俺が聞くと、カルバンさんが不思議そうにスマホに目を向けた。

「それを使えばいいじゃないか。離れた相手とも話ができるんだろ？」

「あ、いや、これは『基地局』っていう施設がないと使えないんですよ。あっちの世界じゃ使えないんです」

「ふむ、使うのに制約がある道具ってわけか。ならまあ、これを使えばいい」

そう言って、カルバンさんは着替えた服が入った紙袋を漁った。

中から、銀色のハンドベルをふたつ取り出した。

「なんです、これ？」

「『再会のベル』だ。ベル同士が対になっていて、片割れを持つ人間と話ができる道具だ」

「えっ⁉　そんな道具があるんですか⁉　どれだけ離れていても大丈夫なんですか⁉」

驚く俺に、カルバンさんが少し得意げに頷く。

こっちの世界に来てからカルバンさんは驚きっぱなしだったが、今度は逆に俺が驚かされる側になってしまった。

「おうよ。魔力干渉とかでもない限りはな。ほら、こっちを持ってみろ」

カルバンさんからベルをひとつ受け取った。

片手で持てるサイズの、小さなものだ。

カルバンさんが持っているベルをチリンと鳴らすと、俺の持つベルが同時にチリンと美しい音を響かせた。

どういう仕組みになっているのか、さっぱりわからない。

「おお、ふたつとも鳴った」

『おお、ふたつとも鳴った』

俺が言うと同時に、カルバンさんの持つベルから俺の声が響いた。

まるっきり、電話と同じだ。

しかし、魔法の道具がこちらの世界でも使えるとは。

魔法具をこっちに輸入したら、いろいろとすごいことになりそうだ。

「うわ、これすごいですね！」

俺の驚く声が、カルバンさんのベルからも同時に響く。

「これ、使うのをやめるときはどうすればいいんです？」

「もう一度鳴らせばいい。どっちかが鳴らせば、それで止まる」

カルバンさんがチリンとベルを鳴らす。

「これで止まった。簡単だろ？」

そう言うカルバンさんの声は、俺の持つベルからは響いてこない。

なんとも簡単で便利な道具だ。

「むむ、まさか魔法の道具までこちらに持ち込めるとは、思っていなかったのです」

唐揚げにかぶりつきながら俺たちのやり取りを見ていたノルンちゃんが、眉根を寄せる。

「コウジさん、それらの道具は、あまりこちらの世界では使わないようにしていただきたいです。なにかの拍子で出回ってしまったら、いろいろと騒ぎになると思うので。私が上司から怒られてしまいます」

「うん、わかった。気を付けるよ。ノルンちゃんの上司って、どんな人なの？」

「すごいかたですよ。体中に目が付いているんじゃないかっていうくらい、常にすべての事象を把握しているようなかたです。私とは神力の次元が違うのですよ」

「そ、そりゃすごいね。そんな神様もいるのか……」

「コウジ、米がなくなった。追加注文していいか？」

「あ、ここは白米は食べ放題なんですよ。そこの丸い入れ物から好きなだけ取ってください」

「マジで⁉　よし、さっそく……って、お、おい⁉」

カルバンさんが立つよりも早く、チキちゃんが席を立ち炊飯器に向かう。

「早い者勝ちだから」

お茶碗に山のように白米を盛るチキちゃん。

やはりこの娘は大食いだ。

次にあちらの世界に行くときは、食料を多めに持って行かねば。

「ぜ、全部取るなよ⁉　俺の分も残しておけよ⁉」

「さすがにそこまでは食べないから大丈夫」

「カルバンさん、俺のチキン南蛮も一切れ食べてみます？」

「いいのか⁉　くれくれ！」

「コウジさん、私も食べたいのです‼」

そのあと、カルバンさんが白米のお代わりに行っている隙に、ノルンちゃんがトンカツを一切れスティールして一悶着あったりしたが、追加でもうひとつトンカツを注文して事なきを得た。

ノルンちゃんは「ここって、食うか食われるかの殺伐とした場所じゃないんですか？」と、間違った知識を持っているようだった。

俺たちは食事を終え、コーヒーやソースを仕入れるためにスーパーマーケットの区画へとやってきた。

　カルバンさんだけでなく、この区画に初めて来たチキちゃんとノルンちゃんも「おー」と声を漏らしている。

　オレンジ、バナナ、メロンなど、さまざまな果物の棚が広がっている。

「こりゃあすげえな……こんな大規模な食料品店、見たことがねえぞ」

「すごいね。ここならなんでも買えるね」

　チキちゃんは地元のスーパーには一度行ったことがあるが、ショッピングモールのような大規模商業施設は初めてだ。

　大げさに驚いたりはしないが、きょろきょろとせわしなく周囲を見回していて可愛らしい。

「お夕飯の材料、買って行ってもいい？」

「うん、もちろん。メニューはどうしようか」

「コウジさん、すき焼きを食べてみたいのです！　ぜひお願いします！」

　ノルンちゃんがチキちゃんの腕の中から、ぶんぶんと手を振って発言する。

　すき焼きなんて、ひとり暮らしを始めてから一度も食べてないな。

「お、いいねぇ。すき焼きにしようか。夏だけど」

「美味しいものに季節なんて関係ないのですよ！　食べたくなったときが食べ時なのです！」

「コウジ、スマホでレシピって調べられる？」

「うん、できるよ。ちょっと待ってね」

スマホでレシピを検索し、チキちゃんに手渡す。

そうしている間に、カルバンさんがショッピングカートにカゴを入れて持ってきてくれた。

ほかのお客さんがやっているのを見て真似したようだ。

「これ、便利だな。あっちで店を開いたら、こういう道具を用意すればいいのか」

「お店を開くことは決定なんですか？」

「まだ悩み中だけどな。こっちで仕入れたコーヒーがあれば、かなり儲けられそうだ。中濃ソースってのも作ってレシピは秘匿すれば、きっと成功するはずだ」

あちらの世界には食材は豊富なので、レシピさえわかっていれば、たいていの調味料は作れるはずだ。

これでカルバンさんが大成功してくれれば、俺としてもあちらの世界で調味料がなんでも手に入ることになってありがたい。

教えない理由はこれっぽっちもないので、がんがん教えて、品物を持ち込んでしまおう。

「そうですか……お店を開くなら、マヨネーズとケチャップも作ってみるといいかもしれないですね。調味料関係のレシピ、調べられるだけ調べて向こうに持って行きましょうか」

「おお、それはいいな！　儲かったら売上げからちゃんとマージンは払うから、期待しててくれな！」

「えっ、いいんですか？」

「当たり前だろ。失敗したとしたら俺の自業自得だが、成功した場合はコウジたちにそれくらいするべきだ。コウジたちに会わなかったら、こんなチャンスを手に入れることはできなかったんだかな」

当然、といった表情でカルバンさんが答える。

なんて気持ちのいい人なんだろう。

ノルンちゃんも、感心した表情になっている。

「カルバンさん、それは素晴らしい考え方なのですよ。そのまま善い心を持ち続けていれば、きっと今世か来世、もしくはその先でいいことがあります。末永く、そのままのあなたでいてくださいませ！」

そう言って、にぱっと微笑むノルンちゃん。

どうやら、理想郷に生み出された人間でも、善行を積めば救済の対象にはなるようだ。

チキちゃんだけが特別扱いなのかとも思ったが、そうでもないらしい。

もっとも、高カルマを所持する人物がいないかわざわざ探すほど、理想郷の住人に目が向けられているとは思えない。

ノルンちゃんに出会えたという時点で、カルバンさんはかなり幸運なのだろう。

これだけ彼女が言うのだから、きっとこれからは気にかけてもらえるはずだ。

「お、おう。わかった。肝に銘じておく」

「それと、もしよかったら俺たちと一緒に旅をしませんか？　カルバンさんが一緒なら、なにかと心強いですし」

「カルバン、物知りだもんね」

「先達はあらまほしきことなり、ですね！」

チキちゃんとノルンちゃんも俺に同意して頷く。

ノルンちゃん、徒然草の台詞なんてよく覚えているな。

中学生頃の国語で習った気がするんだけど、まさかその頃から俺のことを監視していたんじゃないだろうな。

「ありがとよ。まあ、天空都市までは一緒に行くし、どうするかはその間に考えるとするわ」

「それではコウジさん、大金も入ったことですし、すき焼きのお肉はA五の霜降りにしましょう！」

「よっしゃ、任せとけ！　肉も野菜も山ほど買って行こうな！」

「いひひ、今から楽しみなのです！」

じゅるり、とノルンちゃんがよだれを拭う。

「見たことがない果物もいくつかあるな。コウジ、買って行ってもいいか？」

「いいですよ。好きなだけ買っていいですから」

「そうか！　それじゃ、遠慮なく取らせてもらおうかな」

ドラゴンフルーツ、パイナップル、マンゴーといった南国系の果物が、カゴに入れられていく。

果物、野菜、肉をカートに山盛りにして、コーヒーが置かれている棚へと移動した。

カルバンさんが、棚から缶詰にされているコーヒーをひとつ手に取った。

「ふむ、『粉末コーヒー一キロ』か。こう、まとめて十キロとか売ってないのか？」

陳列されているものはどれも家庭用のものなので、今カルバンさんが手にしているものが最大サイズだ。

あと、どうやら異世界でも重さの単位は『キロ』が使われているらしい。

分銅かなにかを使った秤が存在するのかもしれない。

「そんなにまとめては売ってないですね。ここにあるやつ、根こそぎ買って行っちゃいましょうか」

「根こそぎって、金は大丈夫なのか？」

「八十四万円ありますし、さすがに足りると思いますよ。次にいつ補充できるかわかりませんし、たくさん買って行きましょう」

「コウジ、店員さんを呼んで来るね」

「ありがとう。お願いするよ」

「うん」

チキちゃんがぱたぱたとレジの方へ駆けて行く。

さすがにすべては車に載せられないので、何度かアパートと往復することになりそうだ。

「香辛料も買えるだけ買って行きましょうか」

「おう、そうしてくれ。買い出しが終わったら、次は本屋に行こうぜ」

「わかりました。そういえば、あっちの世界にも本屋さんってあるんですか？」

「もちろんあるぞ。大きな街に行けば必ず何軒かある。ちょいとばかし高いが、いろんな本が売ってるぞ」

「そうなんですね。印刷機械が存在しているんですね」

「いや、機械じゃなくて、全部魔法だよ。書写呪文とかいう、特殊な呪文があるんだ。まっさらな本に、一瞬で別の本の内容を同じように書き写すんだよ」

「え、そんな魔法があるんですか。すごいですね」

現代でこそ、機械による印刷速度はかなりのものだ。

だが、昔は活版印刷といった、人力の機械で一ページずつ時間をかけて印字していた。

ゆえに、紙作りの手間も相まって、本一冊の値段はすさまじいものだったのだ。

魔法で一瞬にして同じ本を作れるのなら、『ちょいとばかし高い』程度なのも頷ける。

「紙も魔法で作るんですか？」

「いや、紙生産と本の製造を集中的にやってる町があるんだよ。そこから大量に世界中に出回ってるんだ」

「なるほど、そんな町もあるんですか。本も作っているなら、魔法使いさんが多そうですね」

「ああ、たくさんいるだろうな。興味があったら、旅すがら立ち寄ってみるのもいいかもな。近くに有名なワサビ農園もあるぞ」

そんな話をしながら、俺たちは買い物を続けた。

食料品の買い出しを終えた俺たちは、アウトドアショップでテント、カセットコンロ、本屋で料理のレシピ本を数冊購入した。

カセットコンロは、部屋ですき焼きを食べるときに使うためのものだ。

本は、ソースやマヨネーズといった調味料の作り方が載っているものを選んだのだが、チキちゃんが興味を示した料理本も数冊買った。

今後、理想郷から大人数の来客があるとも限らないので、茶碗や箸などの食器も、ついでにいくつか買い揃えた。

今は、俺とノルンちゃんで、ショッピングモールに取り置きしてもらっている荷物を取りに戻っている車中だ。

チキちゃんとカルバンさんには、アパートですき焼きの用意をしてもらっている。

ノルンちゃんは俺の肩に座り、カーナビから流れる音楽に合わせて鼻歌を歌っている。

「あ、そうだ。ノルンちゃん、ちょっと聞きたいことがあるんだけどさ」

曲がひとつ終わったところで、俺はノルンちゃんに声をかけた。

ちょうど信号が赤に変わり、車を停止させる。

「はい、なんですか？」

「理想郷の修復なんだけどさ。こう、今何割くらい終わってるのかわかる、みたいなものってなにかないのかな？」

「目安、ですか？」

「うん。目についたバグっぽいものをひたすら解決していくっていうのも楽しくていいんだけど、今のままだと進捗具合が全然わからないんだよね。具体的な目標があった方が張り合いが出るし、調べられないかな？」

「う……確かにそうですよね……」

ノルンちゃんが、少し暗い声で答える。

その顔を見ると、声と同じように暗いものになっていた。

「え、どうしたの？　なにか問題でもあるの？」

「い、いえ……そのですね……」

ノルンちゃんは口ごもっていたが、やがて諦めたようにため息をついた。

「わかりました。では、アパートに戻ったら、私が一度理想郷を天界に運んで管理課に調査を申請してきます。何日かかかると思いますが、待っていていただければと」

「もしかして、かなり大変な作業だったりする？」

「いいえ、大変というより……もしかしたら、私がコウジさんの担当から外されてしまう可能性があるのです」

「えっ⁉」

驚く俺に、ノルンちゃんは後ろめたそうな表情になる。

「その……理想郷を正常に機能させることができなかった時点で、当然ですがいいことではないのですよ。トラブルがあっても自力で救済完了できれば問題ないのですが、天界に戻って相談とかすると、『能力不足』ということで研修部屋行きになるかもしれないのです」

「えっと……それって、会社でいうところの懲戒処分とか、そんな感じのもの？」

「あ、いえ、罰則とかは特にないのですよ。悪いことをした場合はもちろんなにかしらのお咎めはあると思いますが、宇宙の創生以来そんなことは一度もないのです。天界の救済部署は被救済者を第一に考えるので、女神と被救済者の間でトラブルがあったり、女神の能力に問題があると判断された場合は、担当が変更になるのですよ」

「そ、そっか。それで、もしかしたら上司の判断で、ノルンちゃんの代わりに別の神様がやってくるかもしれないってことか」

「はい。といっても、代わりに来るのは女神なのですよ。男性には女神、女性には男の神が担当になるのです」

ノルンちゃんはそう言うと、縋るような顔で俺を見た。

「こんなことを言える立場ではないのですが、コウジさんのことは最後まで私にお世話させていただきたいのです。後生ですから、どうか許してはいただけないでしょうか」

「許すもなにも、ノルンちゃんはなにも悪いことしてないって。バグ取りの進捗確認も、わかれば便利だな程度にしか考えてないからさ。別に気にしなくていいよ。これからも、一緒にのんびりやっていこう」

俺が言うと、ノルンちゃんの目から涙が、だばあ、と流れ出した。

「ありがとうございますううう！　私は宇宙一幸せな女神なのですううう‼」

「いえいえ、これからもよろしくね」

俺が指でノルンちゃんの頭を撫でていると、後ろからクラクションを鳴らされてしまった。

いつの間にか、信号が青になっていたようだ。

これからもこの一生懸命な女神様と一緒に、理想郷の完全修復を目指して頑張っていこう。

そう考えて、俺はアクセルを踏んだのだった。

特別書き下ろし番外編
理想郷の小さな功労者

討伐団の皆とキャンプをしていた折。

夕食後にコーヒーを楽しみ、さあ寝よう、ということで、俺たちはノルンちゃんが作ってくれた蔓のテントの中で、蔓のベッドに横になっていた。

「……コウジ、眠れない」

「私も全然眠れないです……」

俺の両脇で横になるチキちゃんとノルンちゃんが、ぱっちりと覚めた目で俺を見る。

かくいう俺も、眠るどころか完全に目が冴えてしまっていた。

「うん、俺もダメだこりゃ。コーヒーってさ、カフェインっていう覚醒物質が入ってるんだけど、そのせいで眠気が飛んじゃったんだと思う」

「え、そうなの？　なら、寝る前に飲んじゃダメなんじゃない？」

「うん、ダメだね……ごめん、完全に失念してた」

「コウジさん、どうやらほかの皆さんも同じ感じみたいですよ」

ノルンちゃんが蔓のベッドから身を起こす。

テントの壁を作っていた蔓がぐぐっと大きく開き、外の様子が見えるようになった。

討伐団の面々が起きてきて、再びたき火の前に座り込んで雑談をしたりしている。

「全員起き出しちゃってるみたいですねぇ」

「マジか……そうか、皆コーヒーなんて初めて飲むんだし、カフェインの効き目もすごそうだよな……」

「コウジ、私たちも起きよう?」

「そうだね、そうしようか」

「では、いったんテントは解体しちゃいますね!」

俺とチキちゃんがテントを出ると、ノルンちゃんは蔓のテントを数秒で身体に戻した。

作るのには時間がかかるが、戻すのは比較的早くできるようだ。

「さて、どうしようか……ほかの人たちみたいに、たき火でもする?」

「でも、薪は全部使っちゃったよ?」

「散歩がてら、拾いに行くですよ。ついでにキノコかなにか見つけて、焼いて食べるというのはどうですか?」

うきうきした様子で、ノルンちゃんが提案する。

「別にいいけど、こんな時間に食べて平気なわけ?」

「女神ですからね! 太るとか胃もたれするとかいった心配はご無用なのですよ!」

というわけで、真夜中の森で薪拾い&キノコ探しをすることになった。

荷物からペンライトとビニール袋を取り出し、真っ暗な森へと踏み入る。

森は木々がうっそうとしており、月明かりも届かない漆黒の闇だ。

俺はペンライトで照らしながらでも時折木の根や石に躓いてしまうのだが、ノルンちゃんとチキちゃんはずんずんと先に進んでいく。

「あぶねっ！　この辺、木の根だらけだなぁ……ふたりとも、よく平気だね？」

「これでも一応女神ですので。暗視くらいはお手のものなのですよ」

「へえ、便利だなぁ。チキちゃんも、種族的なアレで見えたりするの？」

「うん。エルフはもともと夜目が利くから」

「というよりコウジさん、奇跡の光を出して照らしてしまえばいいんじゃないですか？」

ノルンちゃんが俺を振り返る。

「いや、それもそうなんだけどさ。せっかく夜の森を散策してるのに、あんなまぶしいものを出したら雰囲気ぶち壊しじゃん。ペンライト片手に散策の方が、この場所には合ってるかなって」

「なるほど！　コウジさん、そういったことにまで気が遣えるなんて素敵ですね！」

「こんな非日常にいるんだし、楽しめるものは楽しまないとね……お、キノコだ。チキちゃん、これ食べられるかな？」

「それはツキヨタケ。毒キノコだから、食べちゃダメ」

「コウジさん、毒キノコって、毒さえ気にしなければ美味しいものも結構あるらしいですよ」

「ああ、聞いたことある。ベニテングダケとか、ものすごく美味しいってテレビでやってたのを見たことがあるよ。まあ、毒キノコだから食べちゃダメだよね」

「ダメ。絶対食べちゃダメだよ」

そんなやり取りをしながら、手頃な薪を拾いつつキノコを探す。

途中、俺が毒キノコと気付かずに採取していたのをチキちゃんが指摘してくれたり、ノルンちゃんが持ち前の解毒力を盾に、その毒キノコを生で丸齧りした瞬間吐いたりと楽しく採取を続けた。

「こんなものかな……ずいぶん採ったねぇ」

ずっしりとしたビニール袋を手に、ノルンちゃんはご満悦の様子だ。

「たくさん採れましたね！　これなら、明日もキノコパーティーができるのですよ！」

すると、チキちゃんが少し離れたところにしゃがみ込んでいるのに気が付いた。

「ん？　チキちゃん、どうかした？」

「うん。『憎悪タケ』があったから、ひさしぶりに見たなと思って」

「なにその恐ろしい名前のキノコ」

どれどれ、と俺とノルンちゃんが近寄る。

白と黒のブチ模様の、いかにも『毒持ってます！』といった感じのキノコが一本生えていた。

「うえ、キモい見た目だね、それ」

「キモキモですね。どう見ても毒キノコなのですよ」

俺とノルンちゃんが言った瞬間。憎悪タケがぶるぶるっと震えた。

「うわ、なんだこれ!?　今、動かなかった!?」

「うん。これ、人の憎しみを吸って成長するキノコなの」

チキちゃんがキノコを見つめながら答える。

「憎しみ？　さっき俺たちが言った悪口とかも？」

「そう。貶したり、バカにしたり、嫌いな人の悪口を言ったりしても大きくなるの。すごく美味しいから、人気のキノコなんだよ」

チキちゃん曰く、憎悪タケは名前に反してとても美味しいキノコらしい。

森で見つけた人は、日頃の人間関係の不満や嫌いな相手への憎悪を、憎悪タケに向けて罵声という形でひたすらぶつける。憎悪タケは投げかけられる憎しみが強ければ強いほど大きく美味になり、収穫して帰ってその味がよければよいほど、皆に「普段どんだけ不満を抱えているんだ」と、からかわれるのだそうな。

「へえ、変わったキノコだね。人の憎悪とか悪意を栄養にしてるってことか」

「うん。それに、悪口とか、普段言えないことをこのキノコに言うと心がすっきりするの」

「むむ、悪意を吸収して育ったキノコなんて食べて、大丈夫なんでしょうか。せっかく吐き出した憎しみを、再び皆で取り込むということのような」

釈然としない、といった顔のノルンちゃん。確かに、そう考えることもできる。

「大丈夫。毒もないし、珍しいっていうだけの食用キノコだから」

「ノルンちゃん、あれだよ。人の悪意を吸収して、旨味成分に変換してるんだよ、きっと」

「なるほど……ということは、夜食は憎悪タケで決まりですね！」

「だね。でも、美味しくするには悪口を言ったりしないといけないのか」

　ふと、ノルンちゃんを見る。

「ノルンちゃん、悪口どうぞ。天界での不満とか、嫌いな女神様のこととか、キノコに吐き出してみなよ」

「いいえ、私は特に誰かを憎んだりはしていないのですよ」

「ほんとに？　実は嫌いな同僚とかいるんじゃないの？　いけ好かない奴とかさ」

　俺が言うと、ノルンちゃんは困ったような顔になった。

「いえいえ、同期も先輩も後輩も、皆いい人ばかりなのですよ。皆大好きなのです」

「マジか。俺もそんな人間関係ホワイトな職場で働いてみたかった……」

「私は特に吐き出すことはありませんので、コウジさんかチキさんでキノコを育てるですよ」

　さすが神様というべきか、天界に悪い人はいないようだ。そもそも、性格が悪かったら神にはなれないような気もする。ここは、憎むべき相手がぱっと浮かぶ俺の出番だろう。

「そしたら、会社のクソ上司と社長への憎しみを、これでもかっていうくらい注がせてもらうか。チキちゃんはなにかある？」

「ううん。記憶の中には嫌いな相手とか嫌な思い出もあるけど、それは私自身の記憶じゃないから」

「ああ、そっか。チキちゃんって、まだ生まれたばっかりみたいなものだもんね」

「うん。嫌いな人なんていないよ」

「そしたら、やっぱり育てるのは俺の役目だね」

　キノコをクソ上司と社長に見立てて、今までいいように使われていたことの恨みつらみを語る。

いろいろと吐き出していると、ふつふつと怒りが再燃して言葉が止まらなくなってきた。

「毎日俺に仕事押し付けてふたりで飲みに行ってんじゃねえよ。どうして部下が深夜残業してんのに、上司のお前が毎日毎日定時退社で飲み歩いてるんだよ、死ね！　苦しみぬいて死ね！」

「コウジ、目が血走ってる……」

「コウジさんは本当に酷い目に遭っていましたからねぇ。私がコウジさんのところに行かなければ、もう少しで過労が原因で自動車で大事故を起こすところだったのですよ」

「そうなんだ。もう大丈夫なの？」

「私の上司の見立てでは、私が派遣された時点でもう大丈夫なのです。幸せな未来が約束されているとのことですよ」

「クソが！　俺がお前を殺さなかったのは法律に触れるからだ！　そうじゃなかったら、地下室にでも閉じ込めて焼きごてで時間をかけて死ぬまで全身をじっくり焼いてやるところだったぞ！」

「……コウジ、なんか怖い」

「そ、そうですね。なんだか様子が……あ、キノコが成長し始めたのですよ！」

ヒートアップする俺の前で、キノコがぶるぶると震えて見る間に大きくなり出した。

それに比例するようにして、俺の中で燃え上がっていた憎しみの熱が急激に冷めていく。

「はあ、はあ……うわ、なんだこれ。急に気分がすっきりしたんだけど」

「でしょ？　キノコが憎悪を吸い取ってくれたんだよ」

チキちゃんがしゃがみこみ、憎悪タケを採取する。チキちゃんの顔と同じくらいのサイズだ。

「おっきいなぁ。ますます見た目がキモくなったけど、本当に食べられるの？」

「うん。すごく美味しいよ。ヤマドリタケとかヒラタケより全然美味しいよ」

「それは楽しみだ。戻ってさっそく食べてみよう」

そんな話をしながら、俺たちはキャンプ地へと戻るのだった。


たき火を囲み、採ってきたキノコを串に刺してじっくりと焼く。あっという間に、数十本のキノコ串ができ上がった。憎悪タケはスライスして、分割して串に刺して火にかける。

「いい匂いですね！　これはものすごく美味しそうなのですよ！」

じゅくじゅくと焼けていく憎悪タケの香ばしい香りに、ノルンちゃんがじゅるりとよだれを拭う。

「ほんとだね。俺の悪意で育ったって考えると少し怖いけど、美味しそうな匂いだ」

そうしていると、皆が憎悪タケの香りに誘われて周りに集まってきた。

「ね、ねえねえ、すっごくいい匂いがするんだけど、なにを焼いてるの？」

「こりゃたまらん。なんていい香りなんだ……」

皆が物欲しそうな目で、憎悪タケを見つめる。

見つかってしまったからには仕方がないと、チキちゃんがほかのキノコも一緒に添えて、憎悪タケを紙皿に載せ、醤油をかけて皆に配った。皆、はふはふと焼きキノコを頬張る。

「んひ。コウジさん、憎悪タケ、ものすごく美味しいのですよ！」

ノルンちゃんが憎悪タケのカサの部分を頬張り、とろけそうな顔になっている。

チキちゃんもよほど美味しいのか、「美味しい」と頬を緩ませていた。

「かー、こりゃたまらねえな！　おい、酒出そうぜ！　焼きキノコを肴に宴会だ！」

カルバンさんが仲間に呼びかけると、すぐに皆が荷物から陶器や金属の酒瓶を取り出した。

あとはもう、やんややんやの大宴会である。皆で酒を注ぎ合い、ほくほくのキノコに醤油をつけて頬張り、旅先での面白い体験談やら冒険譚で盛り上がる。

「ヒック！　コウジさん、やっぱりお酒は最高ですね！　ヒック！」

真っ赤な顔のノルンちゃんが、酒瓶を抱えてニコニコ顔になっている。

「だねぇ。ノルンちゃん、かなり酔っ払ってるみたいだけど、大丈夫？」

「大丈夫です！　体内のアルコール分解能力をギリギリまで落としているだけですので！」

「そんなこともできるのか。……チキちゃん、どうかした？」

そのとき、チキちゃんが背後の森を振り返り、怪訝な顔をしていることに気が付いた。

「なにかが、こっちを見てる」

「え？」

チキちゃんの視線を追い、森へと目を向ける。なにやら小さな無数の生き物が、木々の枝の間や草むらの中からこちらを窺っているのが見て取れた。その数、数百は下らないように見える。

よく見てみると、それらは身長三十センチほどの小人のようだ。

「な、なにあれ……あっ」

小人たちは俺たちの視線に気付いたのか、さっと森の中へと飛んで消えてしまった。

「そっか。そういうことだったんだ」

唖然としている俺の隣で、チキちゃんがつぶやく。

「え、なにかわかったの？」

「うん。話してるのが聞こえたんだけど、あの子たちが憎悪タケをあちこちに植えてるみたい」

「植えてる？　なんのために？　っていうか、あんなに離れてたのによく聞こえたね」

「エルフは耳がいいから」

ちょん、とチキちゃんが自分の尖った長い耳に触れる。だてに長いわけではないらしい。

「『もう怒ってないね』とか『皆楽しそうでよかったね』って話してるのが聞こえたの。たぶん、嫌なこととかつらい気持ちを持ってる人たちの心をすっきりさせるために、先回りしてキノコを植えてるんじゃないかな」

「なにその天使みたいな生き物。皆を幸せにしようとしてるってこと？」

「幸せにっていうか、争いが起きないように、心に憎しみを抱えてる人を探し回ってるんじゃないかな。里でも、喧嘩とかがあったときに限ってよく憎悪タケが見つかってたから」

それを聞き、以前人魚のカーナさんが「大きな争いもない素敵な世界」と言っていたことを思い出した。ひょっとすると、あの小人たちがこの世界の平和に一役買っていたのかもしれない。

「へええ、それはいい生き物だね。今まで、あの小人は見つかったことはないの？」

「うん。私の記憶には一度もないよ。さっき見つけたときも、『見つかっちゃった！』って慌ててるのが聞こえたから、油断しちゃってたんだと思う」

「ふうん。宴会を見て、楽しくなっちゃったのかな？」

「うん。楽しそうに話してたし、そうだと思う」

「にゅふふ……コウジさん、そんなにお肉盛られても食べきれませんよぉ……」

その声に隣を見ると、いつの間にやらノルンちゃんがよだれを垂らして眠りこけていた。

完全に油断全開の顔をしている。

「あの小人たちも、ノルン様が作ったのかな？」

「それは違うんじゃない？　憎悪タケを見つけたとき、そんなもの食べて大丈夫なのか、みたいなことを言ってたしさ」

「そっか。なら、あの小人たちもバグなのかな？」

「どうだろ。でも、もしバグだったとしても、いい成分のバグだよね。世界から争いの種を取り除いてくれるんだから、排除する必要はないだろうし」

バグというと悪いものと聞こえがちだが、この世界にとって有益なバグも発生しているのかもしれない。本当に、不思議な世界だ。

「いいバグもあるってことだよね？　全部が悪いっていうわけじゃなくて」

チキちゃんが俺の表情を窺うように、そんなことを言う。

「うん。そうだね。少なくとも、チキちゃんは俺にとっていいバグだよ。バグがなかったら、こうして出会えなかったんだし。チキちゃんと出会わせてくれたノルンちゃんに、感謝しないとだね」

「コウジ……うん、ありがとう」

「にゅふふ。チキさん、牛脂丼なんて攻めすぎなのですよ……特盛でお願いします……」
幸せそうに寝言を言うノルンちゃんを見て、俺たちは苦笑するのだった。

（第一巻　了）

Bonus track

『栽培女神！　～理想郷を修復しよう～ 1』で活躍する
メインキャラクターのデザイン画をお披露目！

Illustration：とぴあ

あとがき

中国人の友人から貰ったトウモロコシの種を蒔いて育ててみたところ、日本のスーパーで売っているようなスイートコーンとはまったく違う、ものすごく硬い実の、トウモロコシっぽい不思議なものが生って驚愕したすずの木くろです。このたびは本作をご購読いただき、ありがとうございます。

そのトウモロコシ、茹でて食べたらやたらと不味いので、なんだこれはと友人に聞いてみたところ、茹でて直接食べるのではなく、石臼などで粉にしたものを調理して使うのだとか。トウモロコシとは茹でて直接粒を食べるものだと思い込んでいた私にとっては、かなりの驚きでした。

トウモロコシの話はさておき、本作『栽培女神！』についてですが、このお話は私の常日頃からの「いろいろな場所を旅してみたい！　いろいろな景色を見てみたい！」という願望から生まれ出たものです。気の合う仲間とともに、たくさんの驚きや冒険の待っている理想郷をひたすら旅して回る。そんなことができたら、どれだけ楽しいでしょうか。いつか私にも、ノルンちゃんみたいな可愛い女神様がお迎えに来てくれないかな……。今から徳を積まなければ！

そんなこんなで、『栽培女神！』第一巻を無事に発売することができました。本作を神懸かり的なクオリティのイラストで彩ってくださったイラストレーターのとぴあ様、出版元の新紀元社様、担当編集の桜雲社の山本様、素敵な装丁デザインに仕上げてくださった明昌堂様、本作をご購入いただいた読者様。ありがとうございます。今後も頑張りますので、これからもよろしくお願いいたします。

すずの木くろ

栽培女神！
～理想郷を修復しよう～　1

2019年10月25日 初版発行

【著　　者】すずの木くろ

【イラスト】とぴあ
【編集】株式会社 桜雲社／新紀元社編集部／堀 良江
【デザイン・DTP】株式会社明昌堂

【発行者】宮田一登志
【発行所】株式会社新紀元社
〒101-0054　東京都千代田区神田錦町 1-7　錦町一丁目ビル 2F
TEL 03-3219-0921 ／ FAX 03-3219-0922
http://www.shinkigensha.co.jp/
郵便振替　00110-4-27618

【印刷・製本】株式会社リーブルテック

ISBN978-4-7753-1773-0

※本書は、「小説家になろう」（http://syosetu.com/）に掲載されていたものを、改稿のうえ書籍化したものです。